SVEN RECKER wurde 1973 in Bühl/ Baden geboren und lebt in Berlin. *Der Afrik* ist sein dritter Roman. Seine Bücher *Krume Knock Out* und *Fake Metal Jacket* wurden als Hörspiele und als Theaterstück inszeniert. 2015 las er mit einem Auszug aus seinem Debütroman *Krume Knock Out* bei den Tagen der deutschsprachigen Literatur in Klagenfurt.

Sven Recker

DER AFRIK

Roman

Edition Nautilus

Bildnachweise
S. 6/7 (Karte): © Martina Leykamm
S. 57 (Hafen von Algier) und S. 155 (Gruppenbild): aus: Beiträge zur Volkskunde in Baden-Württemberg, hg. v. Landesstelle für Volkskunde Freiburg, Badisches Landesmuseum Karlsruhe u. Landesstelle für Volkskunde Stuttgart, Württembergisches Landesmuseum Stuttgart, 1985
S. 71 (Buffalo-Bill-Anzeige): aus: Karlsruher Zeitung, © Karlsruhe, Badische Landesbibliothek
S. 157 (Denkmal): © Sven Recker

Edition Nautilus GmbH
Schützenstraße 49 a
22761 Hamburg
www.edition-nautilus.de

Erstausgabe September 2023
Umschlaggestaltung:
Maja Bechert
www.majabechert.de
Porträt des Autors Seite 2:
© Philipp Spalek

FSC
www.fsc.org
MIX
Papier aus verantwortungsvollen Quellen
FSC® C083411

Druck und Bindung:
CPI – Clausen & Bosse, Leck
2. Auflage Oktober 2023
ISBN 978-3-96054-324-4

Mehrere Missernten, verbunden mit einem starken Bevölkerungswachstum und politischen Unruhen, führen in Deutschland im 19. Jahrhundert zu Not und Armut. Viele Menschen wandern aus oder müssen aus ihrer Heimat fliehen. So auch aus Pfaffenweiler, einem Weindorf in der Nähe von Freiburg. Insgesamt 23 Familien wird in der französischen Kolonie Algerien ein besseres Leben versprochen.

Im Dezember 1853 brechen sie in Richtung Nordafrika auf. Die Reise der Dorfarmen finanziert der Gemeinderat. Dafür wird ein Waldstück abgeholzt und das Land als Rebfläche ausgewiesen. Der neu entstandene Weinberg wird Afrika genannt.

In Algerien wartet auf fast alle Ausgewanderten nichts als Armut und Leid. Ihre Bitten auf eine Rückkehr nach Pfaffenweiler werden vom Gemeinderat abgelehnt.

Einer der insgesamt 132 Menschen schafft es dennoch zurück. Sein Name ist Franz Xaver Luhr. Nach seiner Rückkehr nennen sie ihn im Dorf nur noch: den Afrik!

Dies ist vielleicht seine Geschichte.

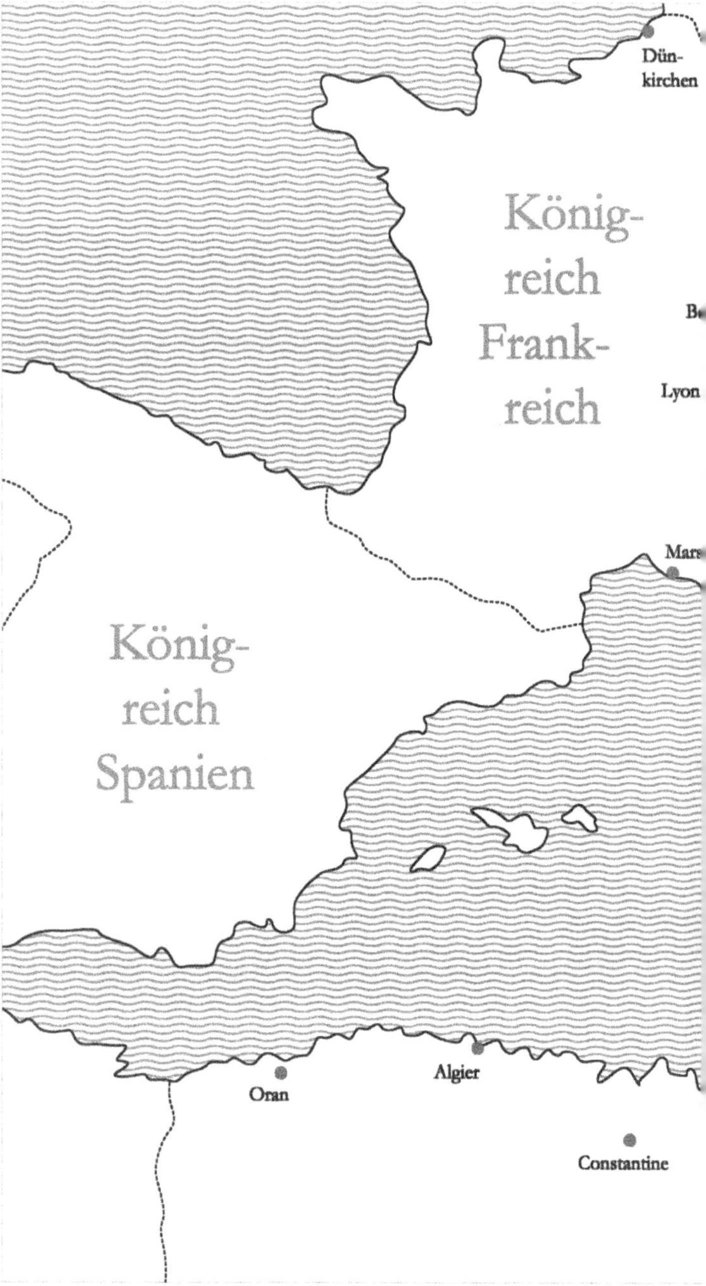

Dün-
kirchen
König-
reich
Frank-
reich
Lyon
König-
reich
Spanien
Oran
Algier
Constantine

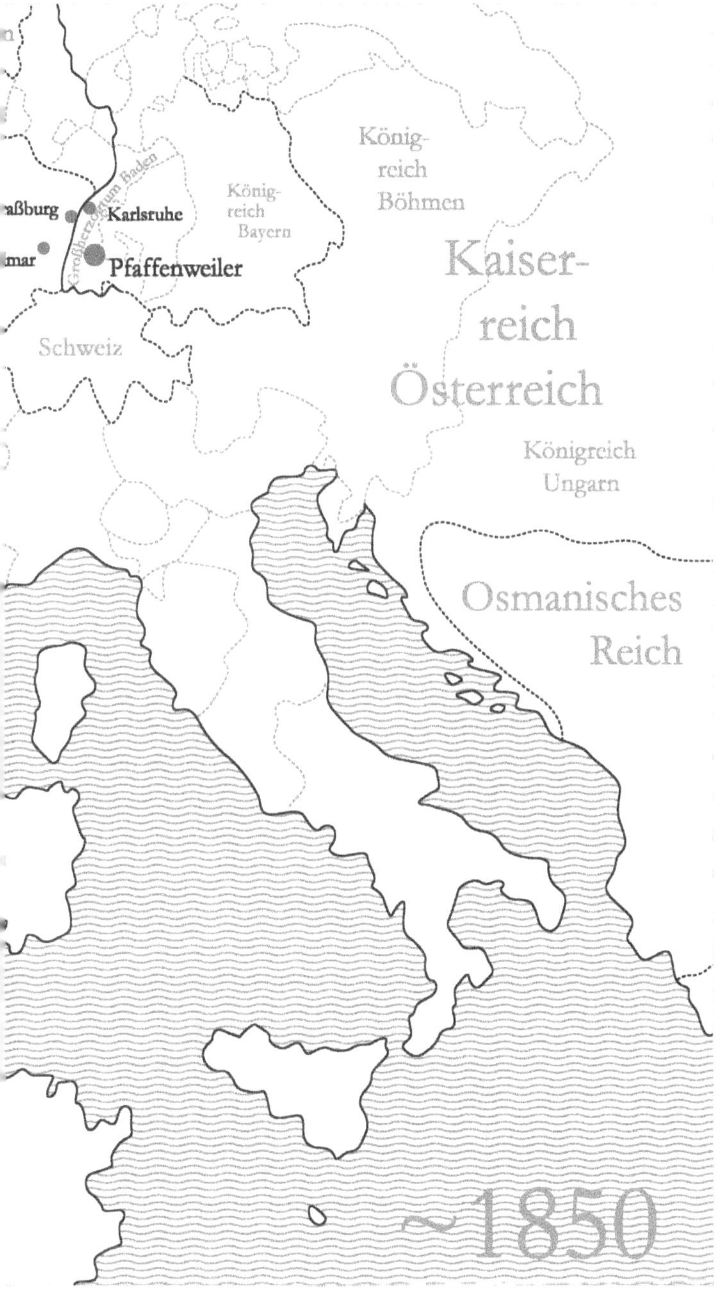

aßburg
Karlsruhe
mar
Pfaffenweiler
Großherzogtum Baden
König-
reich
Bayern
König-
reich
Böhmen
Kaiser-
reich
Österreich
Königreich
Ungarn
Schweiz
Osmanisches
Reich
~1850

EINS

Wie jeden Abend, wenn es dunkel wird, kommt er auch in der Nacht, bevor du Afrika mit einem lauten Knall in die Luft jagen willst, mit einem kalten Luftzug vorbei.

Du schließt die Augen und siehst schwarze Kugeln auf dich zurollen, erst klein, dann groß und größer, und wenn sie von innen an deine Lider knallen, beginnt alles von vorne.

Es ist sein Spiel, nicht deines. Du bist müde von der Arbeit und du schläfst ein. Es wird kalt werden, der Winter zieht allmählich über das Land.

Sie erzählen sich, er hole nur Kinder. Aber das stimmt nicht. Du bist schon sehr alt. Er war da, als du geboren wurdest, er wird da sein, wenn du bald stirbst. Die Leute denken, wenn sie Bilder von ihm malen, wenn sie an Fasching in sein Kostüm schlüpfen, könnten sie ihn beherrschen, die Angst vor ihm verscheuchen. Du hast die Furcht vor ihm schon lange verloren.

Du spürst ihn in deinen Fingerspitzen, er hängt dir beim Atmen in den Nasenflügeln, und wenn du mit deinen Füßen den Boden berührst, dann tritt auch er auf. Manchmal glaubst du, er säße auf deiner Schulter, mal links, mal rechts, wie ein Vogel, der bei dir bleibt, wohin du auch gehst. An kalten Wintertagen spürst du ihn in deiner Brust, wenn du im Sommer schwitzt, ist er der kühle Saum auf der Haut.

Er fliegt auch nicht, er kann nicht gehen, er kann nicht sprechen, er ist einfach nur da. Du würdest ihn gerne fragen, was er macht, wenn du stirbst. Du wirst es niemals erfahren.

Der Nachtkrapp ist auf der anderen Seite daheim.

Du träumst davon, dass er die Zündschnur mit seinem Atem entflammt. Dann pustet er sie sofort wieder aus. Du erschreckst dich und bist sofort wach. Es ist früh am Morgen. Die schwarzen Kugeln verschwinden. Der Nachtkrapp bleibt da.

Ein letztes Mal willst du sehen, wie die Sonne hinter dem Weinberg hochkriecht. Du schiebst die Vorhänge zur Seite. Der Himmel über Afrika ist grau und bedeckt.

Du würdest gerne einen Kaffee trinken, aber die Dose aus weißem Blech ist bis auf den Boden geleert.

Waschen!

Wie so viele Menschen, die lange allein sind, hast du dir angewöhnt, mit dir selbst zu sprechen. Manchmal lachst du grundlos und laut, dabei kennst du keinen einzigen Witz. Du nennst die Dinge beim Namen. Alles muss gesagt werden. Nur so bleibt es echt.

Kaffee!
Anziehen!
Arbeiten!
Graben!
Schaufel!
Mittag!
Essen!
Käse!
Speck!
Zündschnur!
Schlafen!

Oft schimpfst du mit dir, dafür brauchst du nur ein einziges Wort:

Depp!

Oft sagst du auch:

Du!

Oder:

Du!
Du!

Oder:

Du!
Du!
Depp!

Du weißt, was die Leute sagen. Sie glauben, die Sonne Afrikas hätte dein Hirn vollkommen verbrannt. Wenn du ins Dorf gehst, kommen die Kinder und rufen dir nach:

Du!
Du!
Depp!
Du!

Wenn sie dich verhöhnen, beißt du dir in die Hand, aber der Drang, das zu antworten, was du auf keinen Fall sagen willst, geht nicht weg und du brüllst:

Depp!
Du!
Depp!

Die Kinder lachen, dann rennen sie weg. Du würdest gerne eines von ihnen schnappen und am Ohrläppchen ziehen. Du traust dich nicht, stattdessen denkst du an deinen Stollen und den Sprengstoff, den du ihren Vätern seit Jahren schon bei deiner Lohnarbeit in ihren Steinbrüchen stiehlst. Bei dem Gedanken lachst du laut auf. Es klingt, als würdest du bellen und sie denken erst recht, du wärst verrückt.

Als du zurückgekommen bist, haben sie dir eine verfallene Hütte gegeben, oben am Hang, Afrika liegt gleich nebenan. Du hast das Dach mit Rinde gedeckt, du hast aus Stein einen Brunnen gehauen, du hast die Wände mit Lehm verputzt, du hast den Steinboden geschrubbt, dir eine Tür gezimmert und dir ein Bett, einen Stuhl, eine Truhe und einen Tisch selbst gebaut. Jetzt hast du ein richtiges Haus.

Waschen!
Wasser!

Noch immer im Nachthemd öffnest du die Tür, es fröstelt dich, fast schon riecht es nach Schnee. Mit deinem Eimer schöpfst du Wasser aus dem Brunnen, er ist voller Eichenblätter, mit deiner Hand holst du sie raus. Sie sind eisig kalt. Du entscheidest dich, gleich in deiner Küche den Ofen zu heizen. Wenn es schon keinen Kaffee gibt, dann hättest du zumindest gerne warmes Wasser, wenn du dich wäschst.

Feuer!

Der Henkel deines Eimers ist rostig, du hast Angst, dass er bricht. Du bückst dich, die Zipfel deines Nachthemds baden im Dreck. Du gräbst deine Hände unter den Eimer und willst ihn vorsichtig hochheben, da siehst du in Augenhöhe zwei kleine Füße auf der Bank, gleich neben dem Haus.

Du erschrickst. Der Eimer fällt um. Das Wasser läuft in Richtung der kleinen Füße, die in schmutzigen Stiefeln stecken, dein Blick wandert rasch an ihnen hinauf.

Du siehst einen Jungen, wie alt mag er sein? Seine Hose ist braun, die Kniestrümpfe sind aus grauer Wolle, seine abgewetzte Jacke ist rechts blau, links grün, die mit Filz ummantelten Knöpfe sind gelb. Auf dem Kopf baumelt eine rote Mütze, sein schmales Gesicht und die hagere Nase sind vor Kälte ganz blau.

Du!
Du!
Du!

Der Junge sagt nichts, sitzt einfach nur da und schaut geradeaus, als blicke er direkt in ein Nichts. Du stehst vor ihm. Er benimmt sich, als wärst du nicht da.

Du!
Du!

Neben dem Jungen liegt ein Beutel, sein Hab und Gut ist in ein kariertes Leintuch eingewickelt, wie bei einem Zimmermann auf der Walz.

Du!
Du!
Junge!

Langsam gehst du auf ihn zu, so als wäre er ein scheues Reh oben im Wald. Du streckst ihm eine offene Handfläche hin, du zeigst auf seinen Beutel, du deutest mit einem Kopfnicken runter ins Tal. Nichts. Du willst nachschauen, ob er erfroren ist, du näherst dich ihm langsam, deine Hand berührt ihn, ganz vorsichtig, an der Schulter, er kreischt sofort los:

Iiiiieeeeeeehhhhh!

Der spitze Schrei des Jungen durchschneidet das Tal. Der Junge schüttelt sich, als wäre deine Hand die des Teufels und kauert sich zusammen, ganz am Ende der Bank. Jetzt siehst du, da, wo der Junge gerade noch gesessen hat, bevor er mit seinem Schrei aufgesprungen ist, liegt ein Brief. Mit unsicherer Schrift ist auf das Couvert dein Name gekritzelt. Du schaust den Jungen an, der den Kopf von dir wegdreht, sein Oberkörper wippt hektisch wie ein Grashalm in stürmischem Wind. Seinen Kopf bewegt er dabei pfeilschnell von vorne nach hinten, als haue er ihn gegen eine Wand, die außer ihm keiner sieht.

Schhhhtttt.
Junge!
Ruhig!

So langsam und behutsam du kannst, nimmst du den Brief. Kaum hast du ihn in der Hand, weichst du fünf Schritte von dem Jungen zurück. Es fällt dir schwer, das Couvert zu öffnen, deine Hände sind klamm. Mit deinen Zähnen reißt du die Ecke rechts oben so weit auf, dass ein Finger reinpasst.

Lesen!

Du hast schon lange keine Buchstaben mehr aneinandergereiht, aber was dort steht, verstehst du sofort.

Je m'appelle Jacob.
Tu es famille.

Du drehst das Blatt Papier um. Die andere Seite ist leer. Du schaust den Jungen an, du schaust das Blatt Papier an. Jetzt würdest auch du gerne brüllen, aber du hast Angst, dass der Junge schon wieder erschrickt. Sein schreckliches Wippen lässt gerade erst nach.

Dir wird heiß, du willst weglaufen, dich oben im Wald verstecken, du hältst nach dem Nachtkrapp Ausschau, du willst ihn stellen und ihn schelten für diesen ganz üblen Streich. Du wünschst dir seine schwarzen Kugeln zurück, du schließt die Augen, du öffnest sie wieder, du siehst vor dir die Reben, unter dir die sanften Hügel im Tal, du merkst, das ist kein Traum, deine nackten Füße schmatzen im Matsch.

Junge!

Er wimmert leise, seine Hände umklammern die Knie.

Junge!
Keine Angst!

Du würdest ihm gerne etwas anbieten, aber du hast ja nichts mehr im Haus, nicht mal Kaffee, du gehst nachschauen, vielleicht findet sich in der Küche noch Milch. Du kommst zurück, in der Hand ein Glas halbvoll mit Most, auch einen Kanten Brot hast du gefunden. Der Junge ist weg.

Bub?

Es hat angefangen zu regnen, du müsstest an die Zündschnüre im Stollen denken, aber zum ersten Mal seit dreißig Jahren ist dir der Stollen egal. Du findest den Jungen hinter deinem Turm aus Eichendauben, die du für die Fässer brauchst, die du ab und an für die Winzer im Dorf unten baust. Er steht vor dem Turm aus Dauben, als zähle er die Bretter, und wippt schon wieder mit dem Kopf vor und zurück, seine Hände spreizt er zur Seite, seine Finger vibrieren wie die Flügel eines Rüttelfalken auf Jagd.

Most!
Brot!

Der Junge hält inne. Du siehst, wie er zum ersten Mal in deine Richtung schaut, sein Blick fixiert Becher und Brot. Langsam gehst du rückwärts, lockst ihn, wie eine Katze mit Milch, in dein Haus.

Er folgt dir, du stellst sein Essen und Trinken neben das Bett, seitlich, wie eine Krabbe, gehst du ins Eck zu dem dreibeinigen Schemel, den du vor Jahren aus Eichenresten gebaut hast, und setzt dich hin. Du siehst zu, wie der Junge das Brot mit einem Bissen verschlingt, auch den Most leert er mit einem Zug, kein einziger Tropfen verfehlt seinen Mund.

Kaum, dass der Junge gegessen hat, legt er sich hin. Du würdest ihn gerne zudecken, ihm zumindest die schmutzigen Schuhe ausziehen, du hast Angst ihn zu wecken. Der Junge schläft sofort ein. Der Junge schläft tief.

Denk!
Nach!

Aber da kommt nichts, kein Geistesblitz, keine Idee, überhaupt nichts. Nur das Gleiche wie immer, alles andere ist dir schon seit Ewigkeiten egal.

Afrika!

Fast siebzig Jahre bist du schon alt und so kurz vor deinem Ziel wie noch nie. Du kannst keine Familie haben. Du hattest Zeit deines Lebens nicht einmal eine Frau.

Du suchst den Nachtkrapp.

Wie immer, wenn du ihn brauchen könntest, ist er nicht da. Du stehst auf und schaust in den kleinen Taschenspiegel, den du neben das Fenster gehängt hast. Draußen ist Afrika. Drinnen siehst du das Spiegelbild eines alten Mannes. Spindeldürr bist du geworden, eine Glatze hast du und einen weißen Bart, der so lang gewachsen ist, dass du schon lange nicht mehr weißt, ob du ein Kinn hast oder auch nicht. Du siehst, dass du noch dein Nachthemd anhast, und auf dem Feuer kocht das Wasser, das du aufgesetzt hast.

Seife.

Du wäschst dich so gründlich wie schon lange nicht mehr. Dann ziehst du dich an. Nicht die Arbeitskleidung. Sondern die, mit der du jeden Sonntag die Kirche besuchst. Du setzt dich auf die Bank vor deinem Haus. Es ist noch ein wenig Most da, alles andere hat der Junge vertilgt.

Hunger!

Auf einem der Rebstöcke vor deiner Hütte sitzt der Nachtkrapp und grinst. Er reckt den Kopf nach hinten und tut so, als würde er von einem Rappen Trauben abbeißen, aber selbst die Lese für den Eiswein ist schon seit Wochen vorbei. Der Frost kam früh dieses Jahr. Du willst nicht an den Jungen denken und murmelst doch unablässig seinen Namen laut vor dich hin.

Jacob.
Jacob.
Jacob.
Jacob.

Du gehst rein in die Stube und schaust ihm zu, wie er schläft. Du bist alt, dein Gang ist noch immer aufrecht und stramm. Du blickst in den Spiegel. Sieht er dir ähnlich? Ein kleines bisschen zumindest? Wie kann es sein, dass in dem Brief steht, er wäre *famille*? Du hast dein Spiegelbild schon lange nicht mehr betrachtet. Zum ersten Mal seit langer Zeit sagst du:

Ich!

Du musst ins Tal runter. Du hoffst, dass jemand was weiß oder gehört hat. So ein Junge, denkst du, der fällt doch auf. Du kennst dich und weißt jetzt schon, dass du niemanden fragst. Du willst den Jungen nicht wecken, du willst ihn nicht allein lassen. Bis es Mittag wird, sitzt du einfach nur da. Dann stehst du auf und stupst den Jungen sanft an.

Junge!
Du!

Wach auf!

Der Junge dreht sich um. Er lässt sich nicht wecken. Er schläft noch immer tief und sehr fest. Schon seit Jahren hast du kaum noch Appetit. Aber ein Glas Most ist auch für einen wie dich nicht genug. Du hattest einmal eine Katze. Sobald sie aufwachte, strich sie dir um die Füße und forderte Milch. Du schaust den Jungen an. Er wird bald Hunger bekommen. Du weißt, wie wichtig Verpflegung ist, dafür warst du lange genug bei der Armee.

Nachschub!

Du nimmst zwei Teller, einen zum Füllen, den anderen zum Abdecken, und wickelst sie in ein Tuch. Wenn du jetzt losgehst, bist du in einer knappen Stunde zurück. Du nimmst deine Taschenuhr, von der du dachtest, dass du sie nie wieder brauchst. Du schätzt die Zeit und stellst die Uhr. Du sagst:

Zwölf!

Es hat aufgehört zu regnen. Nun fällt der Schnee. Du ziehst den Mantel an. Irgendwann war er mal schwarz. Jetzt ist er grau. Ein paar Meter nur, dann ist er vollkommen weiß. Es ist rutschig und du kommst nur langsam voran. Du erreichst das Dorf. Der Gasthof Engel, wo du dir Fleisch und Kartoffeln in die Teller hast füllen wollen, hat zu. Die Kirchturmuhr schlägt vier Mal. Du hast dich in der Zeit gehörig verschätzt. Der Engel schließt mittags um zwei. Du gehst ein paar Häuser weiter und klopfst an der Tür der Krämerin.

Da!

Du hältst ihr die Teller hin und gibst ihr dein Portemonnaie. Sie nimmt sich ein paar Münzen raus und verschwindet im Laden. Die Tür macht sie zu. Es wird schon wieder dunkel. Der Schnee leuchtet hell. Durch die Scheiben in der Tür siehst du die Krämerin, ihre breiten Hüften, ihren gemächlichen Gang. Vom Mehl geht sie zu den Eiern, von den Eiern zum Speck, vom Speck zu den Fässern voll Kraut. Als sie dir die gefüllten Teller reicht, sagst du:

Milch!

Als sie reingeht, um die Milch zu holen, rufst du:

Most!
Nein!
Wein!

Sie packt dir alles, worum du gebeten hast, in eine Kiste aus Holz. Die dünnen Bretter riechen nach Apfel. Viel lauter als du willst, sagst du:

Apfel!
Äpfel!

Die Frau erschrickt, aber sie kennt dich und deine Macken. Sie dreht sich anstandslos um, holt drei Äpfel und legt sie auf deinen Einkauf mit drauf. Als du die Straße schon ein Stück weit runtergegangen bist, fällt dir ein, was du vergessen hast. So laut du kannst, rufst du:

Danke!

Der Schnee verschluckt jedes Geräusch. Du kämpfst dich den Hang hinauf. Jeder Schritt fällt dir schwer. Du nimmst den Weg an der Kirche vorbei. Du siehst den Nachtkrapp. Wie ein Hund schleicht er um die Mauern und schnuppert daran. In den Fundamenten der Kirche ruhen die Knochen des kleinen Fingers der Heiligen Kolumba.

Ein jeder im Dorf kennt ihre Geschichte, weiß, wie sich einst der Sohn von Kaiser Aurelius in die christliche Jungfrau verliebte, sie sich aber nicht in ihn. Zur Strafe wird sie in den Kerker geworfen. In dem Verlies versucht ein Mann, mit Gewalt in sie zu dringen. Eine Bärin rettet sie. Es nimmt trotzdem kein gutes Ende. Kolumba wird in Sens angezündet. Auch das überlebt sie. Jetzt reicht es den Römern: Sie fesseln Kolumba, reißen sie mit eisernen Haken blutig und schlagen ihr den Kopf ab. Nach ihrem Tod wurde sie zur Patronin gegen Regen und Augenleiden ernannt. Du hast dich oft gefragt, wie sie das macht, so ganz ohne Kopf. Am Tag ihrer Hinrichtung, hat der Pfarrer einmal gepredigt, schien die Sonne auch in der Nacht.

Es heißt, die Knochen des kleinen Fingers im Fundament der Kirche wären von der Hand auf der Seite des Herzens, wenn man nur leise genug sei, höre man es schlagen, durch die roten Mauern aus Buntsandstein bis unter das Gewölbe der Kirche, bis hoch an den Rand des Schwarzwaldes, ein stetes, niemals endendes …

Bumm
Bumm

Bumm
Bumm.

In ein paar Tagen wird es siebzig Jahre her sein, dass du in der Kirche getauft wurdest. Auch in der Nacht, in der du auf die Welt gekommen bist, peitschten dicke, nasse Schneeflocken schräg durch die Luft. Der Schnee hing an den Tonziegeln der Dächer, warf Wechten über Türrahmen und Fenster, an den Rebstöcken bildeten sich Klumpen, als wüchsen Trauben aus Eis.

Deine Mutter lag in den Wehen. Um sie herum war es still. Sie biss in ihren Unterarm, sie presste die Lippen zusammen. Mit einem Küchenmesser zerschnitt sie die Nabelschnur, nahm eine Schaufel und vergrub die Nachgeburt hinter dem Haus. Ein Fuchs folgte der Blutspur im Schnee.

Nach deiner Taufe, das hat dir deine Mutter, selbst Jahre später, am Rand der Wüste, immer wieder erzählt, hat es Schweinefleisch in Sauerkraut gegeben, als Vorspeise Reissuppe mit Ochsenfleisch, dazu Wein und zum Abschluss Kaffee.

So satt …

… hat deine Mutter gesagt und sich dabei mit ihrer Hand über den Bauch gestreichelt …

… so satt,
mein Junge,
war ich nie.

Als deine Mutter damit begann, am Rand der Wüste zu sterben, hatte sie den gelben trockenen Dreck des allgegenwärtigen Sandes unter den Fingernägeln.

Der Sand klebte an den Fenstern, er überzog den rötlichen Lehmboden der Küche mit einer dünnen Schicht, bei Südwind brannte er in deinen Augen und selbst heute ist dir, wenn du in ein Stück Brot beißt, noch oft, als knirsche zwischen deinen Zähnen dieser feinkörnige, steinige Staub.

Du musst aufpassen, dass du nicht rutschst. Die eisernen Räder der Fuhrwerke, die über Jahrhunderte von den Holzhauern den Hang hochgeschoben wurden, haben tiefe Rillen in die Felsen getrieben. Schon handbreit liegt nun darüber der Schnee. Du balancierst die Kiste auf deiner Schulter. Du scheuchst den Nachtkrapp weg, der sich auf deinen Kopf setzen will.

Husch!
Husch!

Dir fallen die Frauen der Nubier ein, wie sie an eurem Haus am Rande der Wüste vorbeigezogen sind. Auf dem Kopf trugen sie Krüge voller Wasser, Stoffballen oder riesige Schüsseln mit Mais. Nie ist nur ein Krümel runtergefallen. Deine Mutter und du hattet das immer gehofft.

Mutter!
Mutter!
Mutter!

Sie war und ist deine Familie. Bis sie starb, wart ihr immer allein und zu zweit. Du schreist nach ihr, so laut du nur kannst. Die Erinnerung an deine Mutter ist wie der Sand, der immer noch knirscht.

In der Wüste hast du gesehen, wie die Franzosen ihre Feinde in Sandlöcher steckten. Nur die Köpfe der Araber und Beduinen schauten noch raus. In Formationen ritt die Kavallerie darüber. Immer wieder, auf Kommando hin und her, die Hufe verrichteten ein teuflisches Werk.

Rache!

Heute Morgen noch hast du gedacht, du sitzt endlich im Sattel, du bist bereit gewesen loszureiten, stattdessen wartet da oben dieser Junge auf dich.

Ist er Familie?
Niemals!

Der Junge steht barfuß vor deiner Hütte im Schnee. Schon wieder flattern die Finger seiner linken Hand, so flink wie die Flügel eines Schmetterlings, die rechte Hand aber reckt er mit den Handflächen nach oben Richtung Himmel, zwei Finger breit liegt auf seinen Händen schon Schnee.

Junge!
Jacob!

Sein Blick zeigt stier nach oben. Seine Pupillen rutschen ihm fast in die Stirn. Du schaust nach, ob da oben tatsächlich was ist. Doch da ist nichts. Nur Schneeflocken und dahinter dunkle Nacht. Keine Sterne. Kein einziger. Selbst der Himmel versteckt sich vor dir.

Junge!
Komm!
Essen!

Du hast Angst ihn anzufassen. Du fürchtest dich, dass er dann wieder schreit. Du wedelst mit deiner Hand vor seinen Augen. Er rührt sich nicht. Du nimmst einen der Äpfel aus der Kiste. Du hast ihn dem Jungen noch nicht einmal hingehalten, da hat er ihn sich schon geschnappt. Er dreht sich um, auf den Fußspitzen wippend hüpft er nach drinnen, so hoch springt er, dass du Sorge hast, er stößt sich den Kopf. Du folgst ihm in deine Hütte. Die Tür muss sehr lange offen gestanden sein. In deiner Stube ist es unglaublich kalt. Du machst:

Bbbbbrrrrrrr!

Du sagst:

Kalt!

Du müsstest den Ofen heizen. Du müsstest Holz holen, die Tür schließen, irgendwas, damit es wärmer wird, doch erst einmal schaust du nach dem Jungen, guckst nach, was er macht. Er sitzt am oberen Ende des Bettes, so eng an die Wand gekauert, wie es nur geht. Mit beiden Armen umklammert er seine Knie. Den Apfel hat er komplett aufgegessen, auch den Butzen und Stiel. Du stellst ihm ein Glas mit Most hin.

Trinken!

Bevor du rausgehst, um Holz zu holen, sagst du:

Feuer!

Du bist dir unsicher, ob er versteht, was du sagst. Als du mit einer Handvoll Scheite zurückkommst, sitzt er genau wie zuvor auf dem Bett. Das Glas Most ist bis auf den letzten Tropfen geleert. Du schiebst das Holz in den Ofen. Die Streichhölzer sind nicht dort, wo sie sein sollen. Wie immer, wenn du etwas verlegt hast, rufst du nach den Dingen, als würden sie dich hören und kommen.

Streichholz?
Feuer?

Du erinnerst dich, du hast sie gestern Abend in die Tasche gepackt, die du immer mit nach Afrika nimmst. Alles, was du brauchst, ist darin verwahrt. Eine kleine Schaufel, etwas Schnur, eine Kerze, ein Hammer. Das große Werkzeug lagerst du im Stollen. So wie den Sprengstoff. Natürlich! Niemand soll entdecken, was du schon dein halbes Leben lang planst.

Trotz deines Alters sind deine Handgriffe geschickt, und das Feuer brennt schnell. Du packst aus, was die Krämerin dir mitgegeben hat, und deckst den Tisch. Selbst die Kerze, die du gerade in deiner Werkzeugtasche entdeckt hast, damit sie dir im Stollen den Weg leuchtet, stellst du auf einen kleinen Teller und zündest sie an.

Du brätst zwei Eier und ordentlich Speck. Das Kraut füllst du in eine Schüssel, du lässt es kalt. Du schneidest Brot auf und gießt für dich Wein ein. Für den Jungen gibt es noch einmal Most und auch die Milch stellst du ihm hin.

Du kannst dich nicht erinnern, dass du in deiner Hütte jemals einen Gast bewirtet hast. Außer dem Nachtkrapp, der nichts isst und nichts trinkt, war nie jemand da.

Junge!
Warum?
Du!

Du trinkst einen großen Schluck Wein. Und dann noch einen. Du fragst dich, ob du noch Kirschwasser im Haus hast. In der Kiste neben dem Eingang schaust du gleich nach. Als du dich wieder umdrehst, sitzt der Junge nicht mehr auf dem Bett.

Junge?
Jacob?

Wo ist er? Du suchst ihn. Da ist er ja, versteckt sich unter dem Tisch. Einen Teller hat er, bis obenhin randvoll mit Brot, Eiern und Speck. Er isst mit den Fingern. Er kaut nicht, er schlingt alles runter. Selbst in den Baracken im Hafen von Algier, als du dem Hungertod nahe warst, hast du nie jemanden gesehen, der so isst. Auch das Glas Most ist schon wieder leer.

Du setzt dich an den Tisch. Zum ersten Mal seit sehr langer Zeit schmeckt dir, was es gibt.

Eier!
Speck!
Wein!
Gut!

Als wäre der Junge deine alte Katze, die dir um die Füße rumstreicht, hältst du zwischen zwei Bissen eine Scheibe Speck, einen Kanten Brot oder ein Stück Apfel unter den Tisch. Der Junge schnappt sich alles. Du siehst ihn nicht, aber du hörst, wie er isst. Die Zähne klappern, die Lippen schmatzen, seine Zunge schnalzt. Als er satt ist, stößt er wieder dieses Geräusch aus, das klingt wie eine Lokomotive, die bremst.

Iiiiiiieeeeeee!

Du deckst den Tisch ab und wäschst draußen mit dem Brunnenwasser das schmutzige Geschirr. Als du zurück in die Stube kommst, liegt der Junge im Bett. Auch jetzt, wie er so daliegt, fast ganz in sich zusammengerollt, denkst du an deine Katze, wie sie ruhig ein- und wieder ausatmend früher vor deinem Ofen laut schnurrend schlief.

Ganz vorsichtig deckst du ihn zu. Du willst den Jungen nicht wecken. Du legst Holz nach und schenkst dir in dein leeres Weinglas ordentlich Schnaps. Du leerst das Glas in nur einem Zug. Neben der Tür siehst du den Nachtkrapp. Er schneidet Grimassen, das kann er ganz gut. Du wirfst das leere Glas nach ihm. Du verfehlst ihn, dann schläfst du ein.

Wie immer, bevor du endgültig hinübergleitest, siehst du

die schwarzen Kugeln des Nachtkrapps, wie sie auf dich zurollen, erst klein, dann groß und größer, und wenn sie von innen an deine Lider knallen, beginnt alles von vorne.

Auch der Traum, der dich jetzt überkommt, ist ein alter Bekannter. Du willst ihn nicht sehen und hast, wie immer, keine Macht über das, was nun kommt:

Es tauchen Haare auf. Braun und lockig, fast so wie die des Jungen, dabei hat er mit deinem Traum nichts zu tun. Du siehst den Kopf eines Mannes von hinten, er liegt in einer Nische aus Holz. Du siehst Menschen, hunderte von Menschen, fast jeder Vierte ein Kind, übereinandergestapelt auf Pritschen. Es stinkt und die hölzerne Decke über ihnen ist nicht mal so hoch wie ein Mann, der aufrecht steht, groß ist.

Alles schaukelt, alles wankt, ein dürrer Mann wird umgeworfen, er schlägt sich den Kopf. Du siehst Finger, die sich in Holz krallen, und Münder, die schreien. Kot am Boden schwappt hin und her. Du siehst das Gesicht des Mannes von vorne. Blaue, runde Augen, ähnlich wie die des Jungen, liegen tief in ihren Höhlen. Der Blick, der dich anstarrt, ist wirr. Du siehst die blaue Wange des Mannes, er öffnet den Mund, seine Zunge ist dick.

Um seinen Hals hängt eine Kette. Der Stein, der daran hängt, leuchtet grün und gleichzeitig blau. Du siehst, wie jemand sie stiehlt.

Die Zunge des Mannes, dem die Kette gestohlen wird, ist

kein bisschen rot mehr und sieht aus, als wäre sie überzogen mit Blei. Er krümmt sich zusammen, an seinen Beinen klumpt sich die Haut.

Du siehst zwei Männer, die den schlaffen Körper des Mannes eine enge Treppe hochtragen. Wie immer siehst du an dieser Stelle deines Traumes das Meer.

Du bist an Bord eines Schiffs, um dich herum ist nichts als Wasser, es ist fast überall schwarz. Nur die Gischt spritzt grün, blau und weiß. Du siehst Wellen, hoch wie ein Haus. Segel, zerrissen, flattern im Wind. Du siehst die zwei Männer von hinten. Sie schmeißen den leblosen Leib über die Reling. Wasser spritzt auf.

Die Leiche geht unter. Du tauchst mit dem toten Körper in die Tiefe hinab. Du schnappst hektisch nach Luft. Du schmeckst salziges Wasser, fühlst, wie es deine Lungen befüllt.

Du musst husten. Dein Oberkörper schnellt nach oben, du reißt die Augen auf, der Traum ist vorbei und wie immer holst du erst mal tief Luft.

Als du zum ersten Mal vom Wasser geträumt hast, warst du noch Kind. Als du aufgewacht bist, war alles feucht. Du hast geweint, und als deine Mutter dich in ihre Arme genommen hat, hast du ihr von dem Mann erzählt, der dir im Traum erschienen ist. Wie er aussah, wie er gestorben ist, wie sie ihn versenkt haben im Meer. Deine Mutter hat auch begonnen zu weinen. Sie sagte:

Es war dein Vater,
den du da sahst.

Nie zuvor habt ihr über ihn gesprochen.

Mutter, was wollte er dort?

Du hast ihre Antwort gehört, alles verstanden hast du damals noch nicht.

Das Schiff, das du gesehen hast, war die Westphalia. Man hat mir erzählt, sie war ein Dreimaster, was auch immer das ist.
Gleich nach der Abfahrt, in einer Stadt namens Le Havre, geriet das Schiff in hohe See. Danach wurden viele Menschen sehr krank. Sie bekamen hohes Fieber und ihnen war andauernd schlecht. Auch dein Vater erkrankte. Das Land, das er in der Neuen Welt, auf der anderen Seite des Meeres, für uns finden wollte, hat er niemals gesehen.

Als deine Mutter dein Bett frisch gemacht hatte, hast du gesagt:

Ich verspreche dir hoch und heilig:
Ich gehe niemals irgendwo hin!

Vielleicht hat sie dir danach über deine Haare gestreichelt. Vielleicht hat sie danach für die Herrschaften eine Suppe gekocht. Du kannst dich nicht erinnern, du weißt es nicht mehr. Du wolltest den Traum vergessen, aber er kam von nun an fast jede Nacht. Wenn du wach warst, hast du nicht gewagt, deine Mutter nach deinem Vater zu fragen, du hattest Angst, dass er mit jedem Gespräch über ihn nachts noch viel häufiger kommt. Deine Mutter musste erst im Sterben liegen, damals, am Rand der Wüste, damit du es noch einmal wagtest.

Vater?

Ihr wusstet beide: Viel Zeit blieb euch nicht. Deine Mutter hat trotzdem ganz am Anfang begonnen. Sie lag auf einer Matratze aus Stroh und hat geflüstert. Du hast neben ihr gesessen, ihre Hand hast du nicht gehalten, die Endgültigkeit dieser Geste, als wäre es die letzte Beichte, schreckte dich ab.

Du weißt, was Hunger ist und was er aus den Menschen macht, aber so schlimm wie der, von dem dir deine Mutter an ihrem Sterbebett erzählte, kennst du ihn nicht.

> In dem Jahr, in dem ich geboren wurde, buken wir im Dorf aus Baumrinde Brot. Auch die toten Pferde gruben wir wieder aus und brieten das vergammelte Fleisch. Jeden Tag beteten meine Eltern und alle anderen zur Heiligen Kolumba, auf dass sie die dunklen Wolken verscheucht. Selbst mittags war es dunkel und mitten im Juli fiel Schnee. Alle glaubten, es ginge mit der Erde zu Ende, nur ein paar Tage noch, dachten wir, dann käme das Jüngste Gericht. War die nie enden wollende Dunkelheit nicht Beweis genug? Dass es an Neujahr heiß war wie sonst nur im Sommer? Dass es im Mai kalt war wie im Februar, dass die Brun-

nen zufroren und auf den Feldern das Korn verdorrte? Es war leicht zu glauben: Das Ende ist nah. Es musste Gottes Werk sein, das des Teufels, oder der Nachtkrapp steckte dahinter, Hexen, böse Geister, irgendwer, den wir kannten. Viele von uns flohen Richtung Russland. Jesus, glaubten die, die gingen, erschiene bald tief im Osten, irgendwo dort, wo hoffentlich bald wieder die Sonne aufgeht. Die Tage des Herrn jedenfalls, das glaubten alle, waren nah. Der Roggen wurde von Tag zu Tag teurer. Wir raubten die wenigen Früchte, das bisschen Gemüse, die paar Trauben an den Rebstöcken lange bevor sie reif waren, damit kein anderer sie aß. Viele starben. Die Reichen begruben wir oben in der Nähe des Hauptportals der Kirche, den Rest weiter unten. Am Ende des Jahres war der Gottesacker voll und der König ließ in allen Kirchen des Landes einen Bittgottesdienst abhalten, auf dass die Sonne wieder verlässlich scheint. So war das. Ich wurde in dem Jahr ohne Sommer geboren.

Deine Mutter kam 1816 zur Welt.

Dein Vater und ich waren die einzigen Neugeborenen im Dorf, die das Jahr ohne Sommer überlebt haben. Alle anderen Kinder waren tot. Dein Großvater war ein Holzhauer. Tief im Wald hat er einen Stein gefunden, der grün war und gleichzeitig blau. Er bohrte in die Mitte ein Loch. Er zog einen Lederriemen durch und hing mir die Kette, zum Dank an den Herrgott, dass ich über-

lebt hatte, um meinen Hals. Ich trug die Kette bis zu dem Tag, an dem sich dein Vater in die Neue Welt aufmachte.
Da habe ich sie ihm gegeben. Sie sollte ihn beschützen.
Es hat nichts genützt.

Der Leichnam deines Vaters ruht auf dem Grund des Meeres. Der Stein aber fand den Weg zu deiner Familie zurück. Deine Brust ist eingefallen mit dem Alter, in der faltigen Grube dazwischen baumelt die Kette, der Stein ist bei dir. Grün schimmert er, wenn du einatmest. Beim Ausatmen blau.

Der Mann, der die Kette deinem Vater gestohlen hatte, verkaufte sie in der Neuen Welt für ein Gewehr und ein Fell an einen Häuptling der Sioux. Der erkannte ihn als Schutzstein.

Das Grün für die Natur.
Das Blau für das Wasser.
Das Leuchten für das Feuer.
Ein Stein als Hüter der Natur,
der Tiere,
und ein Beschützer für den, der sie trägt.

Manchmal fragst du dich:

Wo wird der Stein leuchten, wenn es mich nicht mehr gibt?

Meistens ist dir, was nach dir kommen wird, vollkommen egal. Du musst dein Werk verrichten, du wirst verschwinden, wie so viele zuvor. Du bist dir sicher: Selbst wenn du Afrika gesprengt haben wirst, wird bald alles sein wie zuvor. Hinter den Fenstern der Häuser im Dorf brennt auch wenn du tot bist noch Licht. Sie werden den Weinberg wieder aufbauen. Der Wein, der dort wächst, ist zu gut. Ob sie sich an dich erinnern werden, ist dir herzlich egal.

Du hast vor Jahren einmal von einem Denkmal geträumt. Du hast geträumt, dass sie es bauen, lange nach deiner Zeit. Du hast einen Steinmetz gesehen. Du hast den Nachtkrapp gesehen. Du hast gelacht, denn die bösen Geister und das schlechte Gewissen vertreibt kein noch so großer Gedenkstein jemals.

Das Denkmal, von dem du geträumt hast, sieht aus wie ein Kelch. Jeden Abend sollen sie beim Weintrinken an dich denken, damit nie jemand das Unrecht, das sie dir angetan haben, vergisst. Eure Namen sollen in den Stein eingelassen werden. Du bist dir sicher, sie werden das ganz sicher nicht tun. Sie werden Worte wählen, die an euch erinnern, aber nicht zu sehr an das Leid, das euch widerfuhr.

Mit oder ohne Denkmal werden sie weitermachen. In Afrika und in all den anderen Weinbergen drumrum. Im Winter werden sie die Reben zuschneiden, im Frühjahr die Fruchtruten biegen, damit das Sonnenlicht auch die inneren Triebe erreicht, sie werden die Erde auflockern, sie werden den Boden mit Schwefel düngen, und im Sommer gehen sie nochmals mit der Schere den Hang auf und ab.

Danach gilt es das Laub zu entfernen und die Reben so zu binden, dass der Wind so wenig wie möglich von der Ernte zerstört. Bei der grünen Lese werden sie Jahr für Jahr die kleinen Beeren pflücken, damit die verbleibenden Früchte gut wachsen, und dann, endlich, im Herbst tragen sie die Butten leer hoch und voll runter, ihre Oberschenkel werden brennen, ein jedes Jahr von Neuem, so wird es sein.

Deinen Stein, der grün leuchtet und blau, werden sie nicht finden. Du bist dir nicht sicher, ob du ihn für immer verschwinden lassen wirst, du kennst niemanden, dem du ihn geben könntest. Außer Afrika endlich mit einem lauten Knall in die Luft zu jagen, hast du nichts im Sinn.

ZWEI

Iiiiieeeehhhhhhh!

Der Junge schreit. Während er schläft, sitzt er aufrecht im Bett.

Schhhhhhhhht!
Junge!

Du gehst zu ihm. Ganz vorsichtig streichelst du ihm mit deiner Hand übers Haar. Er beruhigt sich. Er kauert sich zusammen, dann legt er sich hin. Du kannst nicht mehr schlafen, du bist nun hellwach. Es ist noch dunkel. Du zündest eine Kerze an und sammelst die Scherben von dem Glas auf, das du nach dem Nachtkrapp geschmissen hast. Noch immer ärgerst du dich, dass du ihn niemals erwischst.

Du!
Du!
Depp!
Du!

Du beißt dir in den Handrücken, du unterdrückst dein Schimpfen, der Junge soll schlafen. Er liegt in deinem Bett, du hörst ihn atmen, sonst ist alles schön still. Du erinnerst dich, wie deine Mutter dich früher geweckt hat. Sie streichelte deine Haare, so wie du gerade die des Jungen, irgendwann wurdest du wach. Du mochtest das gerne, manchmal hast du nur so getan, als ob du noch schläfst.

Viel zu selten saß deine Mutter morgens neben dir, auf dem Rand deines Bettes. Fast immer, wenn du aufgewacht bist, warst du in eurer Stube allein. Wenn deine Mutter aufstand, war es noch dunkel. Jeden Morgen hat sie die Herrschaften bedient.

Manchmal kam sie, zwischen Kaffeekochen, Frühstückservieren und Bettenmachen, zu dir und stellte dir Milch und Brot neben dein Bett. Schon als Kind warst du, wie heute, die meiste Zeit ganz allein.

Jetzt willst du, so wie deine Mutter dir, dem Jungen Brot und Milch neben das Bett stellen. Die Milch hat er bis auf den letzten Tropfen ausgetrunken und auch deine Kaffeedose ist immer noch leer. Du willst nicht schon wieder zur Krämerin runter. Vor der Tür liegt einen halben Meter hoch der Schnee.

Du schippst den Weg zum Brunnen frei, die kalte Luft brennt in deiner Lunge, du atmest kleine Wolken, die Reben, zugeschneit, sehen aus wie Soldaten mit Bajonett und spitzen Hüten, eingefroren in Reih und Glied.

Auf dem Dach deiner Hütte sitzen zwei Spatzen, neben dem Brunnen findest du die breite Spur des Dachses, unten im Dorf rauchen die Schornsteine, kerzengerade steigen die Schwaden nach oben, es geht kein bisschen Wind. Du steckst deinen Kopf in den Brunnen, nach dem Schnaps von gestern Abend tut dir das gut. Du schüttelst den Kopf wie ein Hund, das Wasser spritzt links und rechts von dir weg. Die Tropfen bohren kleine Löcher in den Schnee um dich rum. Du wringst dir den Bart aus, dein Gesicht und dein kahler Kopf sind knallrot. Du siehst den Jungen in der Tür stehen.

Nein!
Nicht!

Dein Ruf kommt zu spät. Er hat die Tür schon geschlossen. Du hörst, wie der Schlüssel, von innen, sich dreht. Barfuß und im Unterhemd hämmerst du mit beiden Fäusten gleichzeitig gegen die Tür. Du gehst ans Fenster. Drinnen steht der Junge neben dem Tisch, sein Körper wippt nach vorne und noch schneller nach hinten, seine Hände drückt er an seine Ohren so fest er nur kann. Du siehst, wie sich seine Lippen bewegen. Er singt ein Lied, du kannst ihn nicht hören.

Junge!
Du!
Du!
Tür!

Du klopfst gegen das Fenster. Der Junge setzt sich an den Tisch und nimmt sich das Brot. Er rupft es auseinander und formt aus den Krumen kleine Bälle. Einen neben dem anderen reiht er auf der Tischplatte kreisförmig auf. Du weißt nicht, wie lange du ihm dabei zuschaust, deine nackten Füße im Schnee werden blau. Drinnen ist der Kreis der Krumen nun endlich geschlossen. Jetzt beginnt der Junge zu essen. Mit einer kurzen Bewegung aus dem Handgelenk wirft er sich die Brotkugeln in seinen Mund. Für einen Moment hält er inne und schaut zum Fenster. Du hoffst, dass er dich sieht. Du wedelst mit deinen Armen wie ein Ertrinkender, du brüllst so laut du nur kannst.

Es ist alles vergebens. Der Blick des Jungen geht durch dich durch. Neben ihm sitzt der Nachtkrapp. Er grinst dich frech an. Du erinnerst dich, dass du hinter dem Haus, neben dem Holzstapel, einen Schlüssel vergraben hast, nur für den Fall, dass du einmal den, der jetzt von innen im Schloss steckt, verlierst.

Depp!
Du!
Kalt.
Verdammt!

Das Wasser, das dir noch im Bart hängt, fängt schon an zu gefrieren, als du mit deinen Händen im Schnee zu graben beginnst. Natürlich ist der Boden gefroren, du hast es nicht leicht. Du willst die Axt nehmen und mit ihr das Erdreich auflockern. Du lagerst dein Werkzeug im Winter im Haus. Du nimmst ein Holzscheit vom Stapel. Du kratzt damit mehr als du schaufelst und rammst dir einen Splitter in den Daumen. Der Schnee und die gefrorenen

Erdklumpen mischen sich mit deinem Blut. Du gräbst weiter. Eigentlich müsstest du wütend sein. Darauf, dass der Junge da ist, dass er die Tür zugeschlagen hat, dass du frierst, überhaupt, dass er all deine Pläne durchkreuzt. Tief in dir ist alles ruhig.

Jetzt denk halt endlich mal nach.

Es ist der erste vollständige Satz, den du seit Jahren laut sprichst. Du bekommst den Griff des Schlüssels zu fassen, der Bart steckt in der gefrorenen Erde noch fest.

Graben!

Du gräbst weiter, so wie du dein ganzes Leben lang gegraben hast. Es gibt kaum eine Schicht unterhalb der Grasnarbe, die du nicht kennst.

Als sich der Maulwurfjäger Hafner nach Amerika aus dem Staub gemacht hat, warst du noch ein Kind. Du erinnerst dich gut an seinen schleichenden, am Boden entlangkratzenden, gebückten, O-beinigen Gang. Du solltest sein Nachfolger werden. Der Lehrer hat es so entschieden. Um dich auf die Schule schicken zu können, war deine Mutter zu arm. Der Lehrer sagte:

Wir müssen das Schulgeld
in Arbeit verwandeln.
Dann darf der Junge lernen.
Ich unterrichte ihn gern.

In den frühen Morgenstunden hocktest du vor den

schwarzen Hügeln im Schulgarten und grubst ein Tier nach dem anderen mit deinen Händen flink aus. Anfangs wurdest du oft gebissen, noch häufiger bekamst du sie erst gar nicht gefasst.

Mit der Zeit hattest du Übung, du hast das Erdreich rund um die Hügel leicht aufgelockert und dich danebengelegt. Dein linkes oder rechtes Ohr, je nach Lage des vermeintlichen Ausgangs, hast du auf den Boden gepresst.

Abends, das lerntest du schnell, schnappt man keine, aber frühmorgens konntest du die Maulwürfe pflücken wie Würmer, ihr Graben und Wühlen kündigte sie an. Der alte Maulwurfjäger Hafner hat die Tiere erschlagen, 26 Florin bekam er dafür von der Gemeinde pro Jahr, der Bürgermeister hochpersönlich bescheinigte den Befund des richtigen Fangs. Am Käferbergacker hatte er einen Schober, da sammelte er seine Beute in Bottichen, am Ende des Jahres war der Friedhof der Maulwürfe voll.

Du konntest die Tiere nicht töten. Ihre kleinen roten Nasen, die rosa Grabschaufeln, das schwarz-graue Fell aus Wollhaaren, die langen weißen Haare, mit denen sie sich vortasten, die ganze Sippe der Maulwürfe an sich, bis heute magst du sie gern.

Du hast dir eine Kiste mit Löchern gebastelt, immer genug Erde und auch ein paar Würmer darin. Der Lehrer musste dir den Fund bestätigen. Ihm hat es gereicht, sie zu sehen, was du danach mit ihnen gemacht hast, war ihm egal.

Du hast deinen Fang den Hang hochgetragen, dort, wo Reben und Wald sich begegnen, hast du sie freigelassen und zugeschaut, wie sie weggewatschelt sind, nur viel schneller als Enten. Der Maulwurf an sich, lerntest du, ist sehr flink. Und kaum hast du einen gesehen, da war er schon weg.

Im Unterricht bist du ganz hinten gesessen, direkt neben dem Ofen, und wenn dir der Lehrer an kalten Tagen mit seinem Stock ein Zeichen gegeben hat, hast du Holz nachgelegt. Die anderen Kinder, keines davon aus den Familien der Armen, beachteten dich nicht.

Anders war nur die Tochter des Küfers. Die ersten Monate hat sie dich nur angeschaut, dann, es war schon spät im Sommer, hat sie nach der Schule gesagt:

Komm doch mal mit!

Du bist ihr hinterhergegangen, hoch in den Wald. Heidelbeeren habt ihr gesammelt, eure Münder waren blau und ihr habt deswegen gelacht.

Du hast ihr gezeigt, wie man die Blüten der Brennnesseln lutscht, und sie pflückte Sauerampfer, der passte zu der Süße der Brennnesselblüten sehr gut. Auf dem Weg nach Hause, es war schon fast dunkel, kamt ihr an einem Heuhaufen vorbei. Du bist losgerannt und hast gerufen:

Jetzt spielen wir Maulwurf!
Ich zeige dir, wie das geht.

Mit den Händen voraus bist du an der Seite in den Haufen gesprungen und hast sofort losgegraben. Das Heu ist feucht gewesen, es war dir ein Leichtes, eine Höhle auszuheben, gerade groß genug für euch beide. Ihr habt euch reingekauert, Schulter an Schulter, noch nie zuvor war dir ein Mädchen so nah. Du hättest ewig so sitzen können. Doch kaum wart ihr drin, brach über euch die Höhle zusammen.

Bleib hinter mir!

Wie ein Maulwurf, mit beiden Händen gleichzeitig, stetig und schnell von innen nach außen, hast du gegraben, es hat nur ein paar Augenblicke gedauert, dann wart ihr frei.

Erschöpft seid ihr auf dem Rücken gelegen im Gras. Sie neben dir. Du neben ihr. Sie sagte:

Noch nie fand ich den Himmel so schön.

Seit Ewigkeiten hast du nicht mehr daran gedacht. Außer Afrika hattest du ja nichts mehr im Sinn. Es brauchte erst den Jungen, um das zu ändern. Er holt alles hoch.

Du bekommst den Schlüssel zu fassen, deine Finger sind so taub von der Kälte, dass du ihn mit beiden Handflächen hältst. Du stehst vor der Tür, der Schlüssel passt ins Schloss, aber lässt sich nicht drehen, weil von innen der andere Schlüssel noch steckt.

Verdammt!

Neben dem Brunnen wächst eine Weide. Du hast sie selbst vor Jahren gepflanzt. Den dünnsten Ast, den du finden kannst, brichst du ab und stocherst damit im Schlüsselloch rum.

Es hat schon wieder angefangen zu schneien. Deine nackten Füße sind nun schon lila, in deinem Bart kleben Klumpen aus Eis, du kannst den Weidenstock kaum halten, geschweige denn ordentlich führen. Du brichst ein Stück davon ab und steckst es dir in den Mund. Du kniest dich vor das Türschloss, es sieht aus, als wolltest du es küssen, endlich gelingt es dir: Der Schlüssel auf der anderen Seite fällt raus.

Jacob!

Du hättest, bevor du reingekommen bist, durchs Fenster schauen sollen, es hätte dir die Überraschung erspart. Der ganze Holzfußboden ist weiß, es sieht aus, als hätte es auch in der Stube geschneit.

Der Junge hat deine Daunendecke auseinandergerissen und auf dem Boden die Federn verteilt. Der Kiel jeder einzelnen Feder zeigt Richtung Tür. Als der Wind von draußen die Ordnung der Federn zerstört, ruft der Junge wieder sein markdurchdringendes:

Iiiiiiieeeehhhhhhhhh!

Erst willst du ihn beruhigen. Doch dafür ist dir zu kalt. Du schließt die Tür und setzt dich sofort neben den Ofen. Erst jetzt beginnst du zu zittern und mit deinen Zähnen zu klappern. Du schnappst dir deine Wolldecke vom Stuhl und holst die Flasche Schnaps aus dem Regal. Du wirfst ein paar Scheite ins Feuer, du trinkst einen großen Schluck Schnaps und rollst dich vor dem Ofen wie eine Katze zusammen. Noch nie in deinem Leben hast du so erbärmlich gefroren.

Du ziehst dich aus. Nackt bist du und hager. Du wickelst dich in die Decke. Du würdest dir gerne einen heißen Kaffee kochen. Aber die Dose ist ja immer noch leer. Du trinkst einen zweiten Schluck Schnaps. Für einen kurzen Moment wird dir heiß. Dann wirst du müde und während du einschläfst, siehst du den Jungen, wie er die Kiele der Federn erneut ausrichtet, ein jeder zeigt jetzt auf dich.

Der Nachtkrapp will mit seinen Kugeln beginnen. Du schickst ihn weg. Aber was nun beginnt, ist nicht besser als sein uraltes Spiel. Deine Hand umklammert deinen Penis und sucht nach der Vorhaut, als wäre sie immer noch da. Doch da ist nichts, dabei bist du im Vergleich zu Abraham jung.

99 Jahre war er alt, als ihm die Geschichte mit seiner Vorhaut passierte. Aber Gott wollte es nun mal so und Abraham tat wie der Herr ihm geheißen. Auf Abraham folgten Ismael und Moses, nach Moses kam David an die Reihe, dann Jonas, Johannes, Jesus, schließlich Mohammed, und weil dem so war, lagst auch du vor langer Zeit, auf Kissen gebettet, in einem Beduinenzelt am Rande der Wüste und hast auf den Beschneider gewartet, der unter dem Jubel des Stammes am Morgen auf einem Kamel dahergeritten

kam, um dich von dem lästigen Stückchen Haut zu befreien, auf dass aus einem Kufr, einem Ungläubigen wie dir, ein Mohammedaner werde.

Vor dem Zelt haben die Frauen des Lagers gesungen. Die hohen Töne, ein hämmerndes Stakkato aus den hintersten Tiefen ihrer Kehlen geschmettert, trafen dich unvorbereitet und schmerzhaft. Du hast kurz und schlecht geschlafen. Und dir war heiß. Du hast dir vorgestellt, was gleich passieren wird. Dabei hat es dich gefröstelt und du hast eine Gänsehaut bekommen, kaum sichtbar zwischen all den Flohbissen, Schnakenstichen und den Narben der Krätze, die du dir auf der Überfahrt nach Algier eingefangen hattest.

Du weißt nicht, wie lange du so gelegen hast. Irgendwann haben sich die Zeltplanen geöffnet und ein alter Mann kam herein. Du sahst ein schmutziges, stumpfes Messer, du hast deine Augen geschlossen und sagtest leise, immer wieder:

Nein!
Nein!

Und:

Nein!

Die Mohammedaner dachten, du würdest beten, also fingen sie an. Du lagst da und hast deine Augen geschlossen so fest du nur konntest. Hinter deinen Lidern sahst du weiße Punkte, dann die schwarzen Kugeln des Nachtkrapps, deine Finger, deine Zehen, dein ganzer Körper war schwer.

Du spürtest den kalten Stahl des Messers. Du wolltest nicht sehen, was gleich passiert. Vor deinem inneren Auge erschien dir ein Junge, kurze Hosen hatte er an. Er lag auf der Erde, sein rechtes Ohr war auf den Boden gepresst. Am Rande der Sahara rochst du saftiges Gras.

Für einen kurzen Moment nur hast du deine Augen geöffnet und in die bärtigen Gesichter der Beduinen geblickt. Auf ihren kahl geschorenen Köpfen saßen rote Kappen. Die aus Kamelhaar gewebten und mit Teer bestrichenen Zeltbahnen waren pechschwarz.

Schnell hast du deine Augen wieder geschlossen und den Jungen, den du eben noch gesehen hattest, gesucht. Doch da war nichts, kein Junge, kein Duft von saftigem grünen Gras. In den hintersten Ecken deiner Augäpfel wanderten zwei Männer. Einer nach rechts, einer nach links, als wollten sie durch deine Schläfen hinaus. Sie würden den Ausgang nie finden und marschierten direkt vor deine Lider zurück. Ihre Bilder schoben sich übereinander und du erkanntest den alten Maulwurfjäger Hafner von hinten. Seinen schleichenden, am Boden entlangkratzenden, gebückten, O-beinigen Gang. Dann kam der Junge wieder und endlich erkanntest du ihn. Der Junge warst du. Deine Vorhaut trug er hoch in den Wald.

Du liegst vor dem Ofen und hältst deinen Penis noch immer umklammert. Du bist noch nicht wach. Du würdest gerne weiterschlafen, du würdest gerne träumen von

Wüste und Hitze, dir ist noch immer sehr kalt. Du kämpfst mit dem Nachtkrapp um deine Decke. Du verlierst und öffnest die Augen. Vor dir sitzt der Junge. Es ist das erste Mal, dass er spricht:

J'ai faim!

Er hat Hunger. Du stehst nackt vor deinen Vorräten. Es gibt noch Kraut, Mehl, zwei Eier und ein klein wenig Speck. Du sagst:

Anziehen!
Dann Essen!

Du nimmst dein Sonntagsgewand, an deine Arbeitskleidung denkst du nicht mehr. Du brätst die Eier und erwärmst das Kraut mit dem Speck. Du schenkst dem Jungen ein Glas Most ein, das hat er gestern doch so gerne gemocht. Der Junge nimmt eine der Federn vom Boden, und erst als sie drei Mal im Glas die Runde gedreht hat, trinkt er es aus und isst die Feder gleich mit.

Es ist schon fast wieder dunkel. Verfroren wie du bist, hast du den Tag vor dem Ofen verschlafen. Du nimmst den Besen aus der Ecke.

Fegen!

Du hast Angst, der Junge würde schreien, wenn du die Federn aufkehrst. Er sitzt am Tisch und isst. Was du machst, ist ihm gerade egal. Du stopfst die Daunen zurück in die Decke. Die Kiele piksen dich. Du siehst den Nachtkrapp neben dem Jungen. Du wünschst dir, du könntest ihn rupfen und mit seinen Federn die Decke füllen. Du willst ihn endlich nie wieder sehen.

Du machst das Bett für den Jungen, du legst drei Scheite Holz nach, da siehst du neben dem Ofen deinen Schlüssel am Boden. Du steckst ihn ein, damit ihn bloß der Junge nicht noch einmal bekommt. Du schaust zur Tür, der zweite Schlüssel, den du von draußen aus dem Schloss gedrückt hast, ist weg.

Jacob!
Schlüssel!
Clé!

Er zieht ihn aus seiner Tasche und balanciert ihn auf seinem Zeigefinger. Als du ihm den Schlüssel wegschnappen willst, steckt er ihn sich in den Mund.

Nein!
Non!
Nicht!

Er wird ihn doch nicht schlucken? Nein, dafür ist der Schlüssel zu groß. Die Backen des Jungen sehen aus, als hätten sie Beulen, er atmet durch die Nase, seinen Mund presst er zu. Du setzt dich ihm gegenüber an den Tisch.

S'il te plaît!
Bitte!
Gib her!

Du willst ihm Most in sein Glas nachschenken. Die Flasche ist leer. Auch die Eier und das Kraut mit Speck hat er aufgegessen. Sein Teller, die Pfanne und der Topf stehen so sauber vor ihm, als wäre das Geschirr frisch gespült. Dir steht ein hungriger Abend bevor. Lieber hast du Hunger als noch einmal zu frieren. Du brauchst den Schlüssel.

Denk nach!

Du öffnest die kleine Schublade unter dem Tisch. Es ist so, wie du gehofft hattest. In der hintersten Ecke findest du eine Tüte mit getrockneten Trauben. Das Papier raschelt, eine Rosine nach der anderen steckst du dir so langsam wie möglich in deinen Mund. Der Junge rührt sich kein bisschen. Erst als du anfängst, wie er am Morgen mit dem Brot, die Rosinen auf dem Tisch im Kreis aufzureihen, schaut er zu dir. Du hältst ihm die Papiertüte hin, sie ist noch halbvoll. Der Junge will sie sich nehmen, du ziehst sie rasch weg.

Clé!
Schlüssel!

Drei, vier Mal geht das Spiel hin und her, dann spuckt der Junge den Schlüssel aus auf den Tisch. Du schnappst ihn dir, du hältst ihn fest und sicher in deiner Hand. Erst dann gibst du dem Jungen die Tüte. Die Trauben, die vor dir auf dem Tisch liegen, isst du selbst so schnell du kannst auf.

Du wirst schon wieder müde. Du bist den Umgang mit Menschen schon viel zu lange nicht mehr gewohnt. Du freust dich, dass sich der Junge, nachdem er alle Rosinen gegessen hat, sofort ins Bett gelegt hat. Endlich! Du hast ein klein wenig Zeit nur für dich. Du schaust nach, ob sich der Nachtkrapp irgendwo versteckt hat. Du findest ihn nicht. Du schenkst dir ein Glas Wein ein und sprichst, viel lauter als du wolltest, aus, was du brauchst:

Plan!

Kurz schreckt der Junge auf, dann schläft er weiter, als hättest du gar nichts gesagt. Du nimmst dir vor, von nun an nur noch zu flüstern, vielleicht kannst du ja auch ganz aufhören, mit dir selbst zu sprechen. Was, wenn dir das gelänge? Nach all den Jahren, das wäre doch was!

Brief!

Unkontrolliert, wie ein Nieser, schlüpft dir das Wort aus dem Mund. Du ärgerst dich, aber die Idee an sich findest du gut. Wo war noch einmal der Brief, den der Junge dir gab?

Du suchst in der Stube, du kannst dich nicht erinnern, wo du ihn hingelegt hast, so leise du kannst, du willst den Jungen nicht wecken, schaust du überall nach. Erst als du dich wieder erschöpft an den Tisch gesetzt hast, fällt es dir ein.

Der Brief muss noch draußen auf der Bank liegen, du hast ihn nicht mit hier reingenommen. Du ziehst dir deine Stiefel an und greifst dir in die Hosentasche. Du bist beruhigt. Der Schlüssel ist in deiner Tasche. So leise du kannst, öffnest du deine Tür. Schnee weht herein.

Du lässt die Tür einen Spalt weit offen, das Licht aus der Stube reflektiert hellgelb im Schnee. An der Stelle, wo du den Jungen zum ersten Mal gesehen hast, beginnst du, den Schnee von der Bank zu schieben, ganz vorsichtig, Schicht für Schicht, trägst du ihn ab.

Du hattest recht! Vor dir liegt das Couvert mit dem Brief. Mit den Fingerspitzen hebst du es auf und wedelst den Schnee mit ein paar geschickten Schüttlern weg, so gut es eben geht. Du trägst den Brief nach drinnen und legst ihn zum Trocknen neben den Ofen, du schenkst dir Wein nach und setzt dich hin.

Warten!

Du ärgerst dich, dass du schon wieder sprichst, aber immerhin schaffst du es, fast zu flüstern, du brüllst nicht mehr rum. Zwei Mal stehst du auf, um den Brief zu wenden, ganz leicht verdampft die Nässe, in deine Nase schleicht der leicht hölzerne Duft des Papiers. Du wartest eine Weile. Dann sprichst du schon wieder mit dir:

Jetzt ist es gut.

Du nimmst den Brief und legst ihn auf dem Tisch vor dich hin. Aus der Tischschublade nimmst du die Lupe, die du sonst nur benutzt, wenn du dir mit der Pinzette, die daneben liegt, Holzsplitter aus den Fingern entfernst.

Die Tinte, mit der der Name des Jungen geschrieben wurde, ist leicht verlaufen, das Wort *famille* ist durch die Nässe verblasst.

Es ist alles so, wie du dich erinnerst, das Einzige, was du erst jetzt entdeckst und dich wundert: Der Brief ist mit einer französischen Marke frankiert. Dort, wo sonst die Adresse des Empfängers notiert ist, findest du unter deinem Namen nichts außer einem kleinen Klecks Tinte, als habe jemand überlegt, etwas zu schreiben, und sich sofort wieder entschieden, es doch nicht zu tun.

Du untersuchst die Marke. Der rote Druck zeigt eine Frau mit Lorbeerkranz von der Seite, in ihren Händen hält sie eine steinerne Tafel. Darauf steht in Großbuchstaben:

DROITS DE L'HOMME

Du lachst kurz und spöttisch. So wie du die Franzosen kennengelernt hast, klingt das Wort auf Französisch für dich wie ein Hohn. Solange du unter ihnen gelebt hast, warst du für sie nie mehr als ein *sale boche!*

Drecks Wackes!

Du beißt dir in die Hand, du willst nicht schon wieder schimpfen. Erst als du dich wieder beruhigt hast, fällt dir auf: Die Marke ist gestempelt. Allerdings nicht auf dem Couvert. Fein säuberlich muss sie von einem anderen Brief gelöst worden sein, alle Zacken sind noch intakt. Die Ränder des kreisrunden Stempels fehlen auf dem Umschlag vor dir auf dem Tisch. Den Namen des Postamtes, wo die Marke gestempelt wurde, kannst du durch Lupe erkennen. Klar und deutlich steht da geschrieben:

ALGIER

Hafen von Algier, 1857

DREI

An dem Tag, als du Algier das erste Mal gesehen hast, war es schon Abend. Um in den Hafen einzulaufen, war es zu spät. Fünf Tage lang wart ihr auf See, versprochen hatten sie euch zwei.

Viele an Bord waren seekrank. Auf dem Deck des Zweimasters war es voll. Zusammengepfercht saßt ihr nebeneinander. Die meisten hatten es nicht nach oben geschafft. Zusammengekrümmt und von Krämpfen geplagt lagen sie unter Deck auf den Pritschen. An den Tod deines Vaters dachtest du in diesen Tagen sehr oft. Den säuerlichen Geruch von Erbrochenem wehte selbst die salzige Seeluft nicht weg.

Die ganze Nacht über bist du backbord an der Reling gestanden. Als einem von wenigen ging es dir gut. Du warst bereit, das Land da drüben zu erobern, und auch der Nachtkrapp war ganz nervös. Er hüpfte über die Taue, flog hoch in den Mast und runter. Immer wieder. Nur du hörtest die ganze Nacht über sein seemännisch anmutendes Gebrüll:

Land in Sicht!
Land in Sicht!
Land in Sicht!

Auch du warst aufgeregt, das bläuliche Feuer des Leuchtturms da drüben zog dich mit jedem Blinken mehr an, du hast versucht, die Konturen der Stadt vor dir zu deuten. Du hast nichts gesehen, nur einen undefinierbaren weißen Fleck inmitten der Nacht.

Du hast auf den Sonnenaufgang gewartet. Du ersehntest den Landgang und diese mystische Stadt. Du wolltest endlich von Bord. Du hast dir vorgestellt, wie du durch die Gassen der einstigen Räuberburg schleichen würdest, von der sie dir erzählt hatten. Durch all den Gestank an Bord glaubtest du den Duft von Jasmin und von gebratenem Fleisch zu erahnen. In deiner Vorstellung war außer den weißen Häusern alles andere bunt. Dort drüben, in dem Land vor dir, das hatten sie dir und den Deinen immer wieder gesagt, würde alles, was bisher beschwerlich war, einfach und gut.

Noch musstest du warten. Drei Tage lang ließen sie euch nicht von Bord. Das Land, das vor euch lag, das hatten sie euch zumindest versprochen, ist schön.

Vergesst Amerika!
Vergesst Brasilien!
Und Venezuela auch!

Das hatte damals der Bürgermeister Denkinger laut und deutlich bei der Versammlung auf dem Dorfplatz gesagt.

Bevor er begann, von Algerien zu sprechen, hatte er alle gebeten innezuhalten. Er sagte:

Lasst uns beten
für die armen Brüder und Schwestern,
die auf dem Weg
in die neue Welt
verstarben.
Lasst uns beten,
dass so etwas
nie wieder geschieht.

Als wäre der Denkinger der Pfarrer und nicht der Bürgermeister, habt ihr die Hände gefaltet und eine Fürbitte gehalten:

Herr, wir bitten Dich,
erhöre uns!

Du hast an deinen Vater gedacht. Und deine Mutter, die neben dir gestanden hat, auch. Nach dem Gebet hat der Denkinger Kaffee ausgeschenkt. An seiner Seite jonglierte der Gemeindeschreiber Eckert ein Tablett mit Bechern aus Emaille. Immer wieder hat der Denkinger dabei gerufen:

Trinkt!
Kaffee aus Arabien,
Trinkt!
So viel ihr nur wollt!

Ich sage euch,
in Algerien

suchen sie Arbeiter
en masse.

Im Norden von Afrika, da reinigen sie den
Kaffee, der uns hier so recht schmeckt.
Es ist einfache Arbeit.

Schon Kinder
im Alter von nur drei Jahren
verdienen gut Geld.

Fünf Florin am Tag mindestens.
Also, sozusagen,
drei Laibe Brot.

Nach dem Bürgermeister Denkinger sprach ein Vertreter des Präfekten von Colmar. Er versprach, dass ein jeder von euch einen Weinberg bekommt. Ihr wärt nun endlich Herren und nicht mehr nur Knecht oder Magd. Und dann erzählte er von Wasserfällen, die an Schönheit alles, was er in Tirol und der Schweiz gesehen habe, weit hinter sich ließen. Er schwärmte von undurchdringlichen Dickichten voller Oleander, ihr wusstet nicht, was das ist, er pries den Lorbeer und zauberhafte Blumen, die immergrüne Steineiche, die schlanke Tamariske, die robuste Zwergpalme, aus deren Blättern man Seile webe, und von vielen anderen wunderlichen Pflanzen und Dingen erzählte er auch.

Vor allem anderen pries er die Schönheit der Frauen, er sagte, es seien Geschöpfe von solch einer Anmut, dass der Maure sie im Hause verstecke, und wenn doch mal ein Augenpaar unter der Umhüllung durchblicke, dann wäre es so glänzend weiß und jugendlich leuchtend, selbst hinter dem Schleier nicht geheuer in all seiner Pracht.

Dann ist auch der Präfekt von Colmar, wie zuvor der Bürgermeister, durch eure Reihen gegangen. Zum Kaffee reichte er Früchte, fünfmal so groß wie getrocknete Trauben und mindestens dreimal so süß:

Nehmt!
Das Brot der Wüste.
Aber Obacht beim Kauen.
Das süße Brot hat in der Mitte auch einen Stein.

Dorthin, wo es wächst,
kommt ihr ohne Probleme.

Die vortrefflich eingerichteten Schraubenschiffe
der Messageries Impériales
fahren von Marseille aus
in nur vierzig bis fünfzig Stunden
leicht und sicher
über das mittelländische Meer.

Selbst wenn urplötzlich der alte Windgott einen neuen Schlauch öffnet, gewinnt immer die übermütige Kraft des Dampfes den ungleichen Kampf.

Ich sage euch,
im Winter,
wenn bei uns die Natur erstarrt,
gedeihen in Algerien
die Gemüse am besten.

Dann bedecken sich die Felder
mit Bohnen und Kartoffeln,
so prächtig,
das reicht sogar für das Vieh.

Neun Monate im Jahr
hat man dort
die schönsten und zartesten
grünen Erbsen, Artischocken,
und Orangen oder Zitronen
gibt es zuhauf.

Und weil er ein Franzose war, sagte er zum Abschluss:

C'est sûr!

Du hast deine Mutter gefragt, was das bedeuten soll, und sie sagte:

In Algerien ist alles gut!

Selbst der Nachtkrapp hatte nach der Versammlung auf dem Dorfplatz nichts anderes im Sinn, als nach Afrika zu verschwinden. In jener Nacht schmeckten seine Kugeln nach Datteln. Auf den Kugeln prangten, weiß auf schwarz, die Namen der Städte, von denen du in jener Nacht träumtest, als wärst du schon dort:

Algier
Constantine
Oran.

Du hältst das Couvert mit dem algerischen Poststempel in deinen Händen, als wäre es mit Gift bestrichen. Du würdest dich gerne übergeben, aber dafür ist dir zu schlecht. Eine Zeitlang rührst du dich nicht. Du weißt, es gibt nur eine Lösung.

So wie Afrika muss auch der Umschlag verschwinden. Alles andere hilft dir nicht und wird dir nie helfen. Alles, was diesen Schmerz in dir auslöst, muss weg. Gleich wirst du dich vor den Ofen hinknien und das Couvert verbrennen. Du wirst zusehen, wie das Papier in blauen Flammen aufgeht. Du wirst dabei an Djilali denken. Du wirst seinen Namen laut aussprechen:

Djilali!

Du wirst dich zum ersten Mal seit Jahren an ihn erinnern. Du wirst sofort nach deiner Kette greifen, nur dank Djilali fand sie den Weg von deinem Vater zu dir zurück. Beruhigt wirst du feststellen: Sie ist noch da, sie leuchtet grün und auch blau.

Gleich wirst du sehen, wie das Couvert in Flammen aufgeht, du wirst in das Feuer schauen und dabei deinen alten Freund Djilali auf seinem Pferd sehen. Seite an Seite reitest du mit ihm durch die Wüste. Ihr wart wie Brüder, er war es, der den Beschneider gerufen hat, damit du einer wurdest wie er. Es hat nichts geholfen. Irgendwann, auf deinem Weg bis hierher, hat Gott dich verlassen und Allah gleich mit. Du wirst dich an Djilalis Angst vor Feuer erinnern und daran, dass er der Einzige war, dem du jemals vom Nachtkrapp erzählt hast, und dass er davon kein bisschen überrascht war, sondern nur, als kenne auch er ihn, genickt hat und sagte:

Oui
Oui
Un Djinn!

Sein Dschinn kam mit Rauch und Feuer und wurde von den Franzosen vor einer Höhle entfacht. Djilali ist als Einziger dem Inferno entkommen. Er war noch ein Kind, klein genug für eine Spalte im Stein. Alle anderen erstickten durch das Feuer vor der Höhle, in der sich die Männer versteckt hatten. Gelegt hatte es ein französischer Marschall und Marquis de la Piconnerie. Sein Name war Thomas Robert Bugeaud. Hinter seiner hohen Stirn hatte er das grausame Ausräuchern der Feinde erdacht, bei jedem Feuer leuchtete sein Gesicht noch röter als sonst. Jedes Mal, wenn die Gegner verbrannten, rief er laut:

Enfumage!

Noch vieles mehr wird dich in den kommenden Tagen heimsuchen. Du hast dich so lange erfolgreich gegen all deine Erinnerungen und Gedanken gewehrt. Du hast gegraben und gegraben, der Stollen war deine Medizin und deine Krankheit zugleich. Du kanntest nur einen Gedanken und der lautete:

Afrika!

Selbst den Nachtkrapp hast du geschafft zu bändigen,

seine Geister waren von heute, die Gespenster von gestern rief auch er schon lange nicht mehr.

Du schaust nach draußen, wo es so schwarz ist wie sonst nur in deinem Stollen, wenn die Kerze erlischt. Du stehst da und siehst in den Flammen des Ofens den Nachtkrapp wild hüpfen. Immer wieder lacht er, aus seinem Schnabel pfeift es:

Dschinn!
Dschinn!
Dschinn!
Djilali!

Bevor du den Brief verbrannt hast, hast du einen Apfel geschält. Jetzt liegt er vor dir auf dem Tisch und ist fast schon braun. Du willst ihn essen, aber erst schaust du nach, ob es auch für den Jungen noch etwas gibt. Wenn nicht, würdest du die Hälfte aufheben, damit noch was da ist, wenn der Junge später aufwacht. In der Kiste liegen noch zwei Äpfel. Einer für ihn und einer für dich.

Apfel!
Apfel!

Wenn es sein muss, auch zwei für ihn. Du setzt dich neben das Bett, das du schon sein Bett nennst, und schaust zu, wie er schläft. Vorsichtig fasst du ihm in die Haare, seine Locken kringeln sich um den Zeigefinger deiner Hand. Du wirst mutig und steckst deine Nase in seinen lockigen Kopf. Er riecht nicht mehr nach Kind und noch nicht nach Mann.

So vorsichtig du kannst, schiebst du deine Hand unter die Decke und durchsuchst die Taschen seiner Jacke, die rechts grün ist und links blau. Du hoffst einen Hinweis zu finden, irgendetwas, das erklären könnte, woher er kommt. Außer ein paar Kieselsteinen, alle exakt gleich groß, findest du nichts. Er atmet gleichmäßig durch den Mund ein und durch die Nase aus. Im Schlaf ist er einer wie du, könntest du ihn doch nur auch nach dem Aufwachen behandeln, als wäre er … Du sagst:

Einer wie ich!
Einer wie ich!
Wie ich!

Auf dem Bettpfosten sitzt der Nachtkrapp und hält sich vor Lachen den Bauch. Recht hat er. Der Junge ist anders, aber so zu sein wie du wünschst du keinem, nicht einmal dem fetten Bürgermeister unten im Dorf. Du streichelst dem Jungen sein Haar und schläfst im Sitzen neben ihm ein.

Am nächsten Morgen wachen du und der Junge genau im selben Moment auf. Im Gegensatz zu dir ist er sofort hellwach. Er holt die Kieselsteine, die du gestern Abend untersucht hast, aus seiner Jackentasche und lässt drei davon in seiner linken, die anderen drei in der rechten Hand entgegengesetzt so schnell rotieren, dass dir schwindelig wird.

Du stehst auf und holst die Äpfel und ein Messer. Wie immer versuchst du, den Apfel hauchdünn in Kringeln an einem Stück zu schälen. Manchmal gelingt dir das, viel öfter nicht. Heute ist alles gut. Der Junge wirft die Steine kurz in die Höhe und während sie über seinem Kopf schweben, klatscht er für ein, zwei Sekunden Applaus. Du schneidest die Äpfel in Schnitze, immer zwei für den Jungen und einen für dich. Danach sind alle Vorräte verbraucht. Du hörst, wie der Magen des Jungen noch knurrt.

Der Junge und du werdet ins Tal runter müssen. Du lässt ihn auf keinen Fall hier oben noch einmal allein. Du stellst dir vor, wie sie euch beide verlachen. Sofort entfleucht dir dein vermaledeites:

> Du!
> Du!

Und:

> Du!

Zum ersten Mal schaut dich der Junge an, als würde er dich verstehen und vielleicht sogar erkennen als den, der du bist. Er nimmt deine Hand und fliegt so flink er nur kann mit seinen Fingerspitzen darüber, es fühlt sich an als zöge durch die Hütte ein Wind. Du machst:

> He!
> He!
> He!

Es kitzelt dich. Es kribbelt dich in deiner Brust. Erst nur ein bisschen, dann immer mehr. Erst kicherst du leise, dann lachst du laut. Du kannst nicht mehr aufhören, dir schießen Tränen in deine Augen. Du prustest seinen Namen:

Jacob!
Jacob!
Arrête!
Hör auf!

Du musst aufpassen, dass dir die Spucke nicht aus dem Mund läuft. Wie lange hast du nicht mehr so herzlich gelacht? Du ziehst deine Hand weg, du würdest dich gerne weiter kitzeln lassen, aber dein Bauch tut dir weh. Du schaust den Jungen an und fürchtest, er wäre enttäuscht. Doch kaum hast du ihm deine Hand entzogen, fliegen die Kieselsteine wieder wild durch die Luft, der Junge beachtet dich nicht. Er benimmt sich wie der Nachtkrapp, nur dass er nicht verschwindet, wenn er in seine Welt hinübergleitet und alles um sich herum ignoriert. Du versuchst dich zu erinnern, wann und wo du das letzte Mal herzhaft und laut gelacht hast, du brauchst nicht lange zu überlegen, du sagst es sofort:

Südstadt!

Es war der 23. April des Jahres 1891, und schon seit Wochen kündigten sie es in jeder nur erdenklichen Zeitung so fett sie nur konnten in Großbuchstaben an.

BUFFALO BILL'S WILD WEST SHOW ...

... ist in der Karlsruher Südstadt zu Gast.

Bereits Tage zuvor hörtest du auf der Eisenbahnstrecke östlich des Rheins die Waggons des Extrazuges rattern. Der Lärm zog hoch bis zu euch. Die Büffel, Pferde, Scharfschützen und der Buffalo Bill waren dir herzlich egal. Schon vor Wochen hattest du in der Nähe der Bahnstrecke ein Plakat von der Wildwest-Show gesehen. Darauf waren weder Cowboys noch Buffalo Bill, sondern da stand: Araber in der Wüste! Ein Spektakel ohne Gleichen! Du glaubtest, auf dem Plakat Djilali zu erkennen, hoch auf einem Schimmel, in der Hand ein Gewehr, zum Himmel gereckt.

Der 23. April des Jahres 1891 war ein Donnerstag, und bis Freitagmittag hast du dich im Steinbruch als Tagelöhner verdingt. Am Samstag zogst du dein Sonntagsgewand an, dasselbe, das du auch jetzt aufträgst, und machtest dich auf. Buffalo Bill war auch heute noch in Karlsruhe Gast.

Es sollte das erste Mal sein seit deiner Rückkehr, dass du Pfaffenweiler verlässt. Bevor du gegangen bist, hast du den Stollen geprüft. Die Sprengladung am Ende des Schachtes war gesichert, du sahst, wie immer da unten, den Nachtkrapp, du hast ihn angewiesen gut aufzupassen, sonst, du formtest mit deiner Hand eine imaginäre Pistole:

Peng!
Peng!

Und tatsächlich, er ließ dich auf deiner Reise in Ruhe. Bis nach Freiburg bist du zu Fuß gegangen. In einer Gaststube in der Nähe des Bahnhofs trankst du zwei Bier. Immer wieder kam jemand und wollte etwas. Eine Frau Gesellschaft, ein Trunkenbold Geld, der Wirt wissen, woher du kommst und wohin du jetzt gehst. Dir wurde schwindlig von all den Leuten um dich herum. Du benahmst dich mal wieder sehr merkwürdig und riefst laut, immer wieder:

Weg!
Weg!

Und:

Weg!

Dabei hast du dir in die Hand gebissen, noch im Zug nach Karlsruhe sahst du zwischen Daumen und Zeigefinger den Abdruck von deinem Gebiss. Erst in Offenburg war deine Haut wieder glatt.

Du hast am Fenster gesessen, dein schon damals nur noch spärlich behaartes Haupt lehnte an der Scheibe, von Kopf bis Fuß ging das gleichmäßige Rattern des Zuges durch dich hindurch. Dir gegenüber hat eine Frau mit drei Kindern gesessen, zwei Jungen wie die Cowboys auf den Plakaten gekleidet, ein Mädchen mit Fasanenfedern im Haar kostümiert.

Du hast versucht zu lächeln, du wusstest nicht, wie das geht. Statt eines Lächelns kam eine Fratze heraus. Das Mädchen begann zu weinen und ihre Mutter schimpfte dich aus. Du hast erschrocken noch einmal versucht, nett zu lächeln. Und dabei deine Zähne gefletscht. Du wolltest freundlich sein, du machtest den Leuten nur Angst. Du hast dir auf die Lippe gebissen, damit du um alles in der Welt jetzt nicht auch noch laut mit dir sprachst.

Angestrengt hast du von da an nur noch nach draußen geschaut. Du saßest auf der Seite zum Schwarzwald hin, du hast gesehen, auf den flach gewölbten Gipfeln lag noch der Schnee. Im Tal unten blühten die Obstbäume, direkt vor deinem Fenster war alles weiß, dahinter, zwischen den Obstbäumen und dem Schwarzwald, leuchteten die Reben knallgrün. Du sahst ein paar Rehe, auf einer sumpfigen Wiese stapfte ein Storch, vor einem Bahnübergang wartete ein Ochsengespann, das einen Wagen randvoll mit getrockneten Tabakblättern zog.

Du bist noch nie in Karlsruhe gewesen, doch den Weg zum Festplatz zu finden war leicht. Du brauchtest nur den Menschenmassen zu folgen, ein jeder, der an diesem Samstag am Bahnhof ankam, wollte zu Buffalo Bill. Das Billett für den Eintritt hattest du dir bereits in Freiburg bei einem der fliegenden Händler gekauft.

So viele Menschen auf einem Haufen hattest du seit deinen Zeiten auf den Schlachtfeldern nicht mehr gesehen. Auf der Fahrt hast du befürchtet, dass dir das Angst machen würde, doch Schulter an Schulter mit tausenden Frauen, Kindern und Männern fühltest du dich geborgen, du hast dich von der Masse schieben lassen, du gingst ganz in ihr auf.

Hinter dir waren die Tribünen für die Herrschaften, du hattest einen der billigeren Stehplätze gebucht. Du weißt nicht mehr, ob du lange warten musstest oder ob es gleich losging. Du weißt nur noch, ganz am Anfang hat es geknallt. Wie im Krieg hast du sofort den Kopf eingezogen. Doch die Gewehrsalven hier waren harmlos. Das Spektakel begann.

Du hörtest das Gejohle der Kinder, die spitzen Schreie der halbnackten Indianer, die lauten Befehle eines Majors der Kavallerie. Ein Treck wurde überfallen, ein Planwagen brannte und inmitten des Getümmels ritt Buffalo Bill. Er sah genauso aus wie auf dem Plakat: brauner Hut, langer grauer Spitzbart, Jacke aus Wildleder mit Fransen an den Ärmeln, ein großer, eher hagerer Mann.

Als die zuvor massenhaft erschossenen Indianer wieder aufstanden und ihre Pfeile einsammelten, als auch die Cowboys und die Armee hinter den Tribünen verschwanden, kam eine Horde Bisons in die Arena, danach Elefanten, dann wieder so an die fünfzig Indianer, die zum Klang mehrerer Tamburine tanzten, und schließlich, worauf du die ganze Zeit über gewartet hattest:

Mit Fackeln und Gewehren ritten in Zweierreihen Männer in Beduinengewändern im Kreis. Einige von ihnen, glaubtest du zu erkennen, waren als Cowboys schon in der vorherigen Vorführung dabei. Zwischen all den falschen Arabern aber ritt, ganz ohne Zweifel, Djilali, er trug als einziger in dem Meer von in weiße wallende Gewänder gehüllten Männern einen Umhang in Blau.

Djilali!
Djilali!
Djilali!

Die Leute um dich herum dachten, du könntest Arabisch und dein Djilali wäre ein Ruf wie zuvor bei der Cowboy-Show das Yippiejaja Yippie Yippie Yeah.

Djilali!
Djilali!
Djilali!
Djilali!

Also riefen sie den Namen deines Freundes einfach laut mit. Du hast dich umgedreht und mit deinen Armen die Menge angefeuert, auf dass die ganze Tribüne laut …

Djilali …

… skandierte. Du hast gelacht, du bist vor Freude gehüpft, diesmal gelang dir das Lachen, du schnittest keine Grimassen. Du warst nur ein Mann, der sich freut. Du fühltest dich frei. Und als Djilali dich von seinem Pferd aus inmitten der Menge erkannt hat – selbst einer wie der Nachtkrapp hätte zugeben müssen: Das Glück ist doch schön.

Die ganze Nacht bist du mit Djilali zusammengesessen, die Wörter sprudelten aus dir nur so raus, als hättest du all die Jahre zuvor nichts anderes gemacht als zu sprechen, kein einziger Satz von dir klang krumm, problemlos hast du zwischen Französisch und Arabisch gewechselt, hätte euch jemand zugehört, man hätte denken können, du wärst ein Gelehrter und nicht ein Mann, der seit Jahren nur gräbt.

Für eine Nacht lang warst du kein maulfauler Maulwurf, kein Kauz, kein Sonderling, du warst der, dessen Namen Djilali in jener Nacht so oft aussprach, wie die Jahre davor und die, die noch kommen sollten, kein anderer mehr.

Franz!

Weil aber dein Name, wenn Djilali ihn aussprach, klang wie das von euch beiden verhasste Wort France, sagte er:

Faïz!

Und:

Alors Faïz!
Viens, je vais te faire visiter.

Er zeigte dir die Elefanten, du durftest Rüssel streicheln, sie fühlten sich runzlig an, er stellte dir seinen Schimmel vor, er sah fast aus wie sein Pferd in Algerien, er zeigte dir die Blockhütte, die überall, wo die Schau Halt machte, für Buffalo Bill errichtet wurde, sie war fast ein Haus. Am Schluss seid ihr zu den Tipis gegangen, vor fast jedem loderte ein Feuer. Djilali sagte, da hinten schlafe der berühmte Häuptling Sitting Bull. Du hattest den Namen noch niemals gehört.

Djilali, wie früher so oft, hat deine Hand genommen, bei dem größten Feuer, das brannte, setztet ihr euch hin, nebeneinander. Du sagtest, das ganze Lager erinnere dich an eure Zeit bei der Armee, du weißt noch, im Grunde genommen war dir der ganze Zirkus egal. Was zählte, war Djilali, nach all den Jahren endlich mal wieder ein Mensch, der dich kannte und du ihn.

Du wolltest schon wieder anfangen zu erzählen, wie es dir ergangen ist, und Djilali fragen, wie ihm, da sahst du durch das Feuer, auf der anderen Seite der Flammen, etwas aufflackern, mal grün und mal blau.

Du schautest dich um, aber der Nachtkrapp war nirgends zu sehen. Du hörtest Djilalis Stimme, sie klang, als wäre sie unendlich weit weg. Um den Nacken des Mannes, der da drüben saß, baumelte die Kette, die dir dein Leben lang in deinen Träumen erschienen war. Zum ersten und letzten Mal an diesem Abend, in dieser Nacht, die noch vor euch liegen wird, unterbrichst du Djilali.

Arrête!

Du stehst auf und gehst um das Feuer. Du setzt dich neben den Fremden. Sein Gesicht wird von den Flammen erleuchtet. Der Stein funkelt hell. Als du dich neben ihn setzt, weist dir der Mann mit einer weit ausholenden Handbewegung den Platz. Je länger ihr nebeneinandersitzt, umso heller leuchtet der Stein. Du und der Mann von der anderen Seite des Meeres seid ein ungleiches Paar. Du in deinem schwarzen Sonntagsanzug, er mit nacktem Oberkörper in eine dicke, bunte Decke gehüllt.

In deinem Dorf würden sie ihn einen Wilden schimpfen, ab dem Augenblick, in dem du siehst, was du sahst, verstehst du: Er ist einer wie du. Auf seinen Schultern sitzt eine gefiederte Gestalt, bunt wie die Decke, nicht schwarz wie der Nachtkrapp oder dein Sonntagsgewand. Du lässt dir nichts anmerken, aber du weißt, dass er weiß, was du siehst.

Er nickt nur. Dann zieht er sich die Kette über den Kopf. Du siehst seine langen, schwarzen Haare und das Funkeln des Steins. Dann überreicht er dir die Kette, fast beiläufig, als teiltet ihr am Feuer eine Flasche Wasser oder ein Brot. Du legst dir die Kette um den Hals. Kurz leuchtet sie so hell auf wie das Feuer, danach ist der Stein erst einmal Stein.

Du weißt nicht mehr, wie lange ihr so nebeneinandergesessen habt, du weißt nicht mehr, über was du danach noch mit Djilali gesprochen hast. Von dem Moment an, an dem die Kette deines Vaters und des Vaters deiner Mutter um deinen Hals baumelte, ist für ein paar Stunden alles weg, als hättest du zu viel Schnaps getrunken, aber du weißt, so viel trinkst du nie.

Noch bis der Morgen graute, hast du mit Djilali am Feuer gesessen. Als es hell war, daran erinnerst du dich, sagte er:

Faïz!
Viens avec nous!
Viens avec Buffalo Bill!

Du bist nicht mitgegangen. Du hast keinen Gedanken daran verschwendet. Du wolltest zurück zu deinem Stollen, weitergraben, bis heute hast du dich niemals gefragt, ob deine Entscheidung die richtige war.

Es brauchte erst den Jungen, der dich gekitzelt hat, bis du seit Jahren wieder einmal gelacht und dabei gemerkt hast: Zurückzugehen und Djilali schon wieder alleinzulassen war falsch.

Der Nachtkrapp sitzt neben dem Jungen, natürlich weiß er, was du denkst. Er verhöhnt dich mit dem Namen, den sie dir im Dorf gegeben haben, als du als Einziger aus Algerien zurückgekommen bist. Er ruft unaufhörlich, in der ganzen Hütte hallt es:

Afrik!
Afrik!
Afrik!
Afrik!
Afrik!
Afrik!
Afrik!
Afrik!

Afrik!
Afrik!
Afrik!
Afrik!
Afrik!
Afrik!
Afrik!
Afrik!
Afrik!
Afrik!
Afrik!
Afrik!
Afrik!
Afrik!
Afrik!
Afrik!
Afrik!
Afrik!
Afrik!
Afrik!
Afrik!
Afrik!
Afrik!
Afrik!
Afrik!
Afrik!
Afrik!
Afrik!
Afrik!
Afrik!
Afrik!
Afrik!

Und:

Afrik!

Du willst den Nachtkrapp anbrüllen, mit dem Messer nach ihm werfen. Du lässt es sein. Du lachst ihn nur aus:

Ha!
Ha!
Ha!

Der Nachtkrapp verschwindet. Der Junge schaut dich an, als habe er dich schon wieder gekitzelt. Du setzt dich zu ihm ans Bett. In der Hand hältst du seine Schuhe. Du sagst:

Allez!

Der Junge macht:

Iieehhhhh!

Du nimmst sein leeres Glas Most und drehst den Rand Richtung Boden, dann gehst du mit dem Glas Richtung Tür:

Auffüllen!
Remplir!

Als er sich im Bett aufsetzt, streichst du dir über den Bauch:

Hunger!
J'ai faim.

Du glaubst in den Lauten des Jungen zu erkennen, dass er vor sich hinmurmelt:

Moi aussi,
moi aussi,
moi aussi.

Du kannst dich aber auch täuschen, denn genau sein *ich auch, ich auch* willst du hören.

Du gehst voran. Unter deinen Stiefeln knirscht der Schnee. Hinter dir der Junge tritt immer exakt zwei Fußbreit neben die Spur, die du ziehst. Du hast ihm seine rote Mütze angezogen und ihn in eine Decke gehüllt. Alle paar Meter drehst du dich um und schaust nach, ob er dir folgt. Er schaut in den blauen Himmel, mit seinen Beinen watet er durch den Schnee wie ein Storch.

Du versuchst, die Augen so weit wie möglich zu öffnen. Du kneifst sie zusammen, das gleißende Licht der sich im Schnee reflektierenden Sonne blendet dich. Als hättet ihr gerade einen Gipfel bestiegen, bewegt ihr euch wie eine erfolgreiche Seilschaft runter ins Tal.

Als ihr losgegangen seid, hast du dich durch den kniehohen Schnee gekämpft so schnell es nur ging. Je näher das Dorf kommt, umso langsamer wird nun dein Schritt. Du siehst schon die spitzen Giebel der Häuser. Du weißt, da unten wird der Nachtkrapp warten, schon jetzt hallt dir sein Gespött, das auch das der Leute sein wird, im Ohr.

Der Afrik hat einen Jungen.
Der Afrik hat einen Jungen,
einen ganz dummen,
einen ganz dummen,
Jetzt sind sie schon zwei.

Ein paar Schritte noch, dann wirst du stehen bleiben. Du wirst dich umdrehen und sehen, wie der Junge auf der Stelle tritt, als ginge es weiter voran. Du wirst in deinen Fäustling beißen. Er wird nach Leder schmecken und auch nach Schnee.

Denk nach!
Du!
Depp!
Du!

Je näher du dem Dorf kommen wirst, umso mehr benimmst du dich wie der komische Kauz, der du bist. Dir wird eine List einfallen, die dich beruhigt. Mit jedem Schritt, den du gehst, sagst du:

Djilali!
Djilali!
Djilali!
Djilali!

Dabei stellst du dir vor, hinter dir sänge, wie einst bei Buffalo Bill, eine ganze Tribüne voller Menschen laut mit.

Als du im Dorf ankommst, gehst du aufrecht, dein Schritt ist sicher, nicht zu schnell, nicht zu langsam, du trittst bestimmt auf.

Niemand spottet und der Nachtkrapp ist weg.

Es ist Markttag. Um den Brunnen des Dorfplatzes haben die Marktleute im Kreis ihre Stände platziert.

Du willst, wie immer, die kleine Gasse nehmen, um nur den Marktplatz nicht zu passieren.

Nie wieder, hast du dir vor langer Zeit geschworen, betrittst du diesen mit grauen Steinen gepflasterten Platz, egal, wie groß der Umweg ist, den du deswegen nehmen musst. Bevor du in die Gasse einbiegst, rennt auf einmal der Junge an dir Richtung Marktplatz vorbei.

Jacob!
Junge!
Nein!
Non!

VIER

Es war Dienstag, der 13. Dezember des Jahres 1853. Die erste von vier Kutschen verließ Pfaffenweiler vom Marktplatz aus um ein Uhr in der Nacht. Die Kutscher waren Johann Eckert und Thadeus Senftenagel. Die Passagiere waren:

> Die Familie des Tagelöhners Franz Xaver Hanser (60), seine Frau Theresa Daiger (64), seine vier Kinder Klara, Valeria, Theresia und Leo, die Älteste 21 Jahre alt, der Jüngste ist 12
>
> Die Familie des Tagelöhners Jakob Braun (55), mit seiner Frau Anna Bär (64), seinem Sohn Konrad (23), seiner Schwägerin aus erster Ehe Maria Anna Hiß (43) und ihren drei unehelichen Kindern Philippine (16), Rosina (14) und Magdalena (5)
>
> Die Familie des Tagelöhners und Witwers Gabriel Blattmann (75), seine Tochter Walburga (33), am Tag vor ihrer Abreise verehelicht mit Georg Faller (32) aus Bollschweil, und ihre unehelichen Kinder

Magdalena (4), Rosa (2) sowie der Sohn Karl (6) von Gabriel Blattmann

Der Seiler und Steinhauer Theodor Eckerle (31), am Tag vor der Abreise verehelicht mit Marina Kraft (35), deren unehelicher Sohn Theodor Kraft (1) sowie der uneheliche Sohn von Theodor Eckerle namens Johann Baptist (2) sowie Matthäus Eckerle (23)

Die Familie des Schusters Andreas Brucker (46), seine Frau Elisabeth Wellinger (41), ihre vier Kinder Valeria (16), Sibilla (13), Meinrad (10) und Amalia (3)

In den drei weiteren Kutschen, die innerhalb der kommenden zwei Tage vom Marktplatz aus starten sollten, saßen folgende Personen:

Die Witwe Kolumba Riedinger (46) und ihre Kinder Martina (19), Wilhelm (17), Arnold (15), Walburg (13), Philomena (11) und Rosina (9)

Der Tagelöhner Simon Schwab (47), seine Frau Agathe Wellinger (50) und ihre Kinder Albertina (14), Lambert (11) und Severin (5)

Der Weber Josef Gutgsell (50), seine Frau Agathe Litschgi (50), sein Sohn Alexander (20) und Josef Senftenagel (19)

Der Schneider Martin Elminger (43), seine Frau

Rosa Wellinger (50) und ihre Kinder Amalia (12), Veronika (11), Euphrosenia (8) und Otto (5)

Der Steinhauer Josef Maier (35), seine Frau Theresia Hafner (37), ihre Kinder Ferdinand (8), Viktor (6) und Phillip (4) sowie sein Schwiegervater, der Schuster Xaver Hafner (73) und dessen Tochter Katharina (33)

Der Tagelöhner Xaver Schlegel (42), seine Frau Theresia Salomon (47) und ihre zwei Kinder Benjamin (12) und Rosa (4)

Der Dreher Martin Gutgsell (45), seine Frau Katharina (38) samt ihren Kindern Elisabeth (9), Konstantin (7), Rosa (6) und Ferdinand (4)

Die Metzgerswitwe Felicitas Elminger (50), geborene Dierenbach, mit ihren sieben Kindern Richard (19), Valentina (17), Gottfried (15), Sabina (13), Apollonia (12), Elisabeth (5) und Karl (4)

Der Steinhauer Simon Dierenbach (35), seine Frau Rosalia Gutgsell (24) und ihre Kinder Paulina (5) und Wilhelm Hermann (2) sowie Elisabeth Gutgsell (25)

Der Steinhauer Georg Steinle (41) mitsamt seiner Frau Elisabeth Eckert (44) und ihren vier Kindern Berthold (14), Ferdinand (12), Amalia (8) und Justine (3)

Der Witwer und Steinhauer Johan Salomon (44) mit seinen sieben Kindern Klara (19), Johanna (17), Rudolph (14), Andreas (12), Karolina (8), Simon (5) und Maria (2)

Die Witwe Kolumba Blattmann (50), deren Mann den vorherigen Winter nicht überlebt hatte, und ihre Kinder Benedikt (16), Theresia (16), Cäcilia (13), Franziska (10) und der kleine Lorenz (3)

Der Tagelöhner Johannes Blattmann (45), seine Frau Barbara Dierenbach (50) und ihre Kinder Anna (13), Theresia (11) und Adrian (8)

Der Rebmann Alexander Dierenbach (52) mit seiner Frau Anastasia Müller (39), samt ihrer Kinder Karl Stephan (17), Eva (16), Justine (14), Leo (9), Rosalia (7) und Theresia (4)

Der Steinhauer Wendelin Burgert (42), seine Frau Petronilla Eckerle (36) und ihre zwei Kinder Olivia (7) und Karl (5)

Die Witwe Juliana Gutgsell (69), ihre Kinder Lambert (30), Paulina (27) sowie Sarah (34) und ihr frisch angetrauter Mann Jakob Luhr (42)

Der Tagelöhner Ignatz Burgert (42), dessen ledige Schwester Magdalena (34) samt ihrem Sohn Kosimer (10) sowie Jakob Scherle (54)

Und schließlich du, deine damals 37-jährige Mutter Theresia Luhr und der ledige, einbeinige Peter Scherleberg, von dem keiner wusste, wie alt er war. In der Nacht, bevor die Kutsche losgefahren ist, kam der Frost und mit ihm am Morgen der Schnee.

Du sahst die weiß gezuckerten Dächer, das Glänzen der vom Eis überzogenen Rebstöcke, die hellen Flocken auf dem Mantel des Bürgermeisters Denkinger, der zum Abschied mit seinem Zylinder gewinkt hat. Schon damals hast du geahnt: Unter der hellen Decke des Dorfes lauert tiefdunkel das Schwarz.

Die Kutsche fuhr los und aus dem Schwarzwald blies der Schmerzensschrei des Nachtkrapps orkangleich runter ins Tal. Die Wipfel der Tannen flatterten, es regnete Zapfen, im Fallen drehten sie sich wie Derwische, Schrapnellen gleich zerbarsten sie unten im Laub.

Tagelang schleppte er sich nachts durch das Dorf, kratzte an ihren Türen auf der Suche nach dir. Er fand dich nicht und verwünschte die ganze Sippschaft der reichen Bürger, die dich, deine Mutter und die anderen Familien überredet haben zu gehen.

In seinen Verwünschungen ertränkte er die wohlhabenden Winzer in ihrem eigenen Wein, er band sie nackt an ihre jungen Rebstöcke oberhalb des Dorfs. Die Raben, stellte er sich vor, sollten kommen, ihnen die Augen aushacken, die Ohren abreißen, ihre dicken Bäuche aufpicken, auf dass der Fuchs kommt und das ganze Gekröse verspeist.

Alle, die in jenen Tagen von ihm träumten, waren froh, dass er dir folgte und ging. Er heftete sich dem Wespenbussard an die Federn und ließ ihn erst wieder los, als das wehmütige Pfeifen des Vogels übertönt wurde vom Tuten der Dampfschiffe im Hafen Marseilles.

Als du gegangen bist, warst du 15. Mit 16 standst du am Kai des Hafens von Marseille und schautest zum ersten Mal in deinem Leben aufs Meer. Noch dachtest du: Auf der anderen Seite, dort drüben, hinter den Wellen, wird alles gut. Heute weißt du, was damals mit der Abreise auf dem Marktplatz begonnen hatte, war ein mieses und abgekartetes Spiel. Den Marktplatz, das hast du dir nach deiner Rückkehr geschworen, wirst du nie wieder mit deinen Füßen berühren.

Jetzt stehst du am Rand des Platzes. Du siehst den Jungen, wie er sich an dem ersten Stand neben dem Brunnen drei Äpfel schnappt und mit ihnen zu jonglieren beginnt.

Jedes Mal, wenn einer der Äpfel in seiner rechten Hand landet, beißt er ab. Der Saft der Äpfel läuft ihm über das Kinn, über die Decke, in die du ihn gewickelt hast, die Tropfen landen im Schnee. Um den Jungen herum stehen die Leute und klatschen, ein paar werfen ihm Münzgeld hin, so als wäre der Junge ein Clown.

Du willst zu ihm. Du kannst nicht. Als wäre der Übergang von kleinem zu großem Pflasterstein eine Grenze, die, wenn du sie übertrittst, alles auslöscht, wofür du die letzten Jahre gekämpft hast. Wie ein Maulwurf würdest du dich gerne von unten, durch den Platz zu dem Jungen graben und ihn reinziehen in deinen Schacht. Die Steine vor dir und unter dir liegen fest. Du stehst am Rand des Platzes und rufst nach ihm wie nach einem entlaufenen Hund.

Jacob!
Jacob!
Komm her!
Viens ici!

Anstatt auf deine Rufe zu reagieren, nimmt er sich einen vierten Apfel, dann einen fünften, das Gejohle um ihn herum wird immer lauter, er jongliert immer schneller, er beißt immer schneller, so lange, bis er sich mit einem Schwall vor seinem Publikum laut erbricht. Du läufst zu ihm, schnappst dir als Erstes die Decke, hältst sie wie einen Vorhang vor ihn und rufst, so laut du nur kannst:

Fini!
Vorstellung!
Aus!

Hinter dem Vorhang kauert der Junge am Boden und zieht mit dem Zeigefinger in seinem Erbrochenen eine Acht und drumherum im immer gleichen Abstand Punkte, die Stückchen der grünen Schale der Äpfel schimmern im Schnee. Die Wärme seines Auswurfs entblößt vor deinen Augen den Stein. Du stehst zum ersten Mal seit eurer Abfahrt nach Algerien wieder auf dem Marktplatz. Du willst dich wie der Junge erbrechen. Du lässt es sein.

Du musst dich um den Jungen kümmern, den du noch immer auf dem Dorfplatz hinter der Decke versteckst. Mit der Spucke und den Apfelresten bildet er kleine Seen, und wenn du genau hinschaust, siehst du, vor deinen Augen entsteht hier, mitten auf dem Marktplatz, das mittelländische Meer samt den Küsten, die du damals sahst.

Zum ersten Mal fragst du dich, wie alt der Junge wohl sein mag. Und weil dir, obwohl du nicht sprechen willst, mal wieder die Wörter aus dem Mund purzeln, bellst du:

Jacob!
Tu as quel âge?
Sag es!
Wie alt?

Ohne seine Antwort, die sowieso nicht kommen wird, abzuwarten, packst du den Jungen an seinen Schultern und ziehst ihn mit einem Ruck hoch.

Die Decke fällt in das Meer aus Spucke, Apfel und Erbrochenem, das Meer, das der Junge erschaffen hat, verschwindet, um dich und den Jungen herum steht das Marktvolk im Kreis.

Weg!
Weg!
Weg!

Keiner hört auf dich, alle warten darauf, was du und der Junge als Nächstes aufführt. Ganz rot sind ihre Gesichter, durch die Menge hindurch schiebt sich ein fülliger Mann ganz in Schwarz mit Zylinder und Stock. Er geht direkt auf dich zu.

Afrik,
Afrik!
Mein Gutster!
Was ist hier los?

Du erkennst ihn sofort. Er sieht aus wie sein Vater, selbst der Leberfleck auf der Stirn ist vererbt. Und genauso verlogen jovial wie einst sein Vater nimmt er dich in den Arm.

Du entziehst dich ihm, du springst zwei Schritte zur Seite. Das Marktvolk lacht. Der Junge denkt, es sei ein Spiel, und hüpft deine zwei Schritte im gleichen Takt nach. Danach beginnt er zu wippen. Hin und her, immer wieder, immer schneller, seine Backen wackeln, Speichel spritzt aus seinem Mund.

Bürger!
Geht zurück!
Es gibt hier nichts mehr zu sehen.

Du hättest nie gedacht, dass du einem der Denkingers einmal dankbar sein wirst. Als sich das Marktvolk nach den Worten des Bürgermeisters wieder um die Stände verteilt, sagst du:

Danke!

Der Bürgermeister antwortet nicht, sondern hebt deine Decke auf und faltet sie so, dass du sie tragen kannst, ohne dass dich die Spucke, die daran klebt, beschmutzt. Er gibt sie dir und geht wortlos voran.

Du hörst das Klacken eines Gehstocks, doch das bildest du dir nur ein. Du hörst seinen Vater, wie er den Dorfplatz abschreitet, nicht den Sohn, der sich auf dem gleichen Stock abstützt, nur dass durch den Schnee kein bisschen was klackt. Wenn überhaupt, hörst du ein leises Knirschen, aber deine Ohren sind ja schon alt. Vielleicht fünf Meter von dir entfernt dreht er sich um. Sein Blick ist eindeutig. Er will, dass du und der Junge ihm folgt.

Jacob!
Allez!

Du hast Angst, dass du gleich sprechen musst. Du willst nicht stottern. Um keinen Preis. Du weißt, wohin der Bürgermeister mit dir gehen wird. Ein paar Tage, bevor ihr damals nach Algerien aufgebrochen seid, bist du den gleichen Weg mit seinem Vater gegangen. Du erinnerst dich. Er hat mit dir damals gesprochen, als wärst du ein Mann. Der alte Denkinger sagte:

Franz!
Es gibt was Wichtiges!
Komm einmal mit.

Jetzt geht sein Sohn Richtung Ratskeller voran. Du könntest einen Schluck gut vertragen, du hakst dich bei dem Jungen unter, zu deiner Überraschung lässt er die Berührung geschehen. Nebeneinander folgt ihr dem Bürgermeister mit Abstand, du traust der ganzen Sache noch nicht.

Das letzte Mal, als du dich im Ratskeller mit einem Bürgermeister an einen Tisch gesetzt hast, warst du fast noch ein Kind. Der alte Denkinger setzte sich neben dich, nicht dir gegenüber, und rief durch den Gastraum zum Wirt.

Zwei Schoppen.
Einen für den jungen Herrn.
Und einen für mich.

Ihr habt über Algerien gesprochen und er hat dich gefragt, ob du dich freust auf das neue Leben in der Fremde und ob du schon wüsstest, ob du Wein anbauen willst oder lieber Obst und Gemüse, so als wärst du hier schon ein Winzer oder Bauer und hättest viel Land.

Dort unten wächst ja alles famos.

Der Wein und die Worte des Bürgermeisters stiegen dir sofort in den Kopf und du wiederholtest alles, was der Präfekt von Colmar euch über Algerien erzählt hatte. Wenn der Bürgermeister etwas in Algerien gut fand, sagtest du:

Formidable!

Sprach der Bürgermeister von passablen Aussichten, sagtest du:

Es erscheint mir gar extraordinär gut!

So ging das ein, zwei Wein lang hin und her. Am Ende warst du der tiefen Überzeugung, dass du dank seiner Gnade ins Paradies darfst und er für dich deswegen das

Opfer bringe, mit all den anderen Reichen im Dorf zu verweilen. Kurz bevor er den ersten Schnaps für euch beide bestellte, fragte er beiläufig:

> Und
> deine Mutter?
> Geht es ihr gut?

Du bejahtest die Frage und tatst sie als eine kleine Höflichkeit ab. Immer wieder aber sprach der Bürgermeister nun von deiner Mutter und pries deine Stärke und deinen Mut. Dann sagte er:

> In der Fremde wäre ein weiterer Mann im Haus auch ganz gut.

So ging das eine ganze Weile, irgendwann fragte er geradeheraus:

> Wieso will deine Mutter vor der Reise nach Algerien nicht heiraten? Alle anderen sind Eheleute. Wir hätten für sie sogar einen Mann.

Du hast geantwortet, dass du das nicht wüsstest und dass Mutter mit dir noch nie darüber gesprochen hatte, außerdem wärst du der Meinung, das ginge dich nicht sonderlich etwas an.

> Aber du bist doch der Mann im Haus?

Dabei haute der Bürgermeister auf den Tisch und bestellte für euch beide gleich nochmal Schnaps. Als der Wirt die Bestellung brachte, nahm der Bürgermeister die zwei Gläser, reichte dir eins davon und sagte:

Franz!
Ich bin der Wilfried!
Auf dich!

Du und der Wilfried habt den Schnaps getrunken, danach sagte der Bürgermeister, den du jetzt Wilfried nennen durftest:

Franz, ich erkläre dir jetzt mal was.

Nach dem Wein und Schnaps hast du nicht mehr viel verstanden. Wörter wie Weinabsatz, Teuerung, Kartoffelfäule, Revolutionswirren, notorisch Dorfarme und Suppenküche schwirrten dir durch den Kopf.

Und jetzt frage ich dich, Franz: Wer soll das bezahlen?

Im gleichen Atemzug bestellte der Bürgermeister noch einmal Schnaps und da der Wirt ein fauler Mann war, stand vor euch beiden mittlerweile ein ganz ansehnliches Bataillon Glas. Der Bürgermeister stellte sie in Reih und Glied vor dich auf.

Franz, was siehst du?

Gläser!

Richtig, jetzt stell dir mal vor, die Gläser wären Bäume. Was siehst du jetzt?

Einen Wald!

Ich wusste, mit dir kann man reden.

Dann warf der, den du nun Wilfried nanntest, alle Gläser auf dem Tisch mit einem Handstreich auf einmal um. Das Glas klirrte auf dem Tisch aus Holz.

Und was siehst du jetzt?

Du hattest keine Antwort. Zum ersten Mal an diesem Abend fühltest du dich nicht wie ein Mann, sondern wie ein Schuljunge, der die Lösung nicht kennt. Der Bürgermeister schaute dich lange und erwartungsvoll an.

Und?

Noch bevor du sagen konntest: Verzeihen Sie, Herr Bürgermeister, ich weiß es nicht, lachte er und sagte:

Jetzt erkläre ich dir Politik!
Das, was umgekippt vor dir liegt, das ist alles Holz. Und was macht man damit?

Fässer!

Ja, das stimmt.
Und bevor Fässer daraus werden?

Du brauchtest einen Moment, aber dann hattest du verstanden, welches Spiel er nun spielte.

Man verkauft es!

Aha! Sehr gut!
Und nun Lektion zwei.

Als er das sagte, räumte er alle Gläser vom Tisch. Die Fläche zwischen euch beiden war frei, von all den ausgelaufenen Gläsern bildete sich eine kleine Pfütze aus Schnaps und aus Wein, die der Bürgermeister mit dem Zeigefinger seiner rechten Hand auf dem Tisch in ein quadratisches Muster verstrich.

Franz, was siehst du?

Du warst zwar betrunken, aber auf was er hinauswollte, verstandst du sofort.

Parzellen!

Wirt!
Nochmal Schnaps!
Und jetzt die letzte Frage:
Wo in der Nähe des Dorfes gibt es noch Wald?

Die Antwort war so einfach, als hätte er dich nach deinem Namen gefragt:

Hasenfahren!

Perfekt! Und damit wir Geld haben, um eure teure Reise nach Algerien zu bezahlen, holzen wir den Hasenfahren nun ab und verkaufen die Parzellen an die Winzer. Ein guter, neuer Weinberg wird das.

Er machte eine Pause und trank seinen Schnaps.

Du musst wissen, wir sind sehr großzügig zu euch. Dir kann ich es ja sagen: Wenn ich hier nicht gebraucht würde, ganz ehrlich, ich käme auf der Stelle sofort mit euch mit.

Wirt!
Noch einmal zwei Schnaps!

Du konntest nicht mehr trinken. Du konntest nicht mehr zuhören, als der Bürgermeister sagte:

Und nun zu deiner Mutter!

Du hörtest zwar, wie er dir vom Präfekten von Colmar erzählte, und dass dieser sein Freund sei und der Gemeinde deswegen generöse Offerten mache, aber am Ende des Tages, sagte der Bürgermeister, ginge es in der Politik wie im Leben am Ende immer nur um das eine und das sei das Geld.

Und eben weil der Präfekt von Colmar sein Freund sei, käme es die Gemeinde erheblich billiger, verheiratete Paare nach Algerien zu schicken als alleinstehende Personen wie deine Mutter und dich.

Franz. Sprich doch noch mal deswegen mit deiner Mutter.
Tu es für mich!

Der Peter Scherleberg, sagte der Bürgermeister noch, sei doch trotz seines bei dem Revolutionsgefecht auf der Scheidegg verlorenen Beines eine ganz gute Partie. Für die Gemeinde jedenfalls wäre solch eine Hochzeit eine große Erleichterung. Der Pfarrer, sagte der Bürgermeister, sei bereits informiert.

Am Tag vor eurer Abfahrt feiern mehrere Paare Hochzeit.
Die Einzige, die nicht verehelicht werden will, ist deine Mutter. Das ist doch schlimm!
Ich weiß, du hattest nie einen Vater.
Stell dir vor, in Algerien hättest du einen.
Das wäre doch schön!

Du bist nach Hause gegangen und hast dich in dein Bett gelegt. Woran du gedacht hast, war, dich nicht zu erbrechen. Ob dir das gelungen ist, weißt du nicht.

Du kannst dich auch nicht erinnern, ob an jenem Abend der Nachtkrapp zu dir kam oder nicht. Am nächsten Morgen fühlte sich deine Zunge an, als hättest du an Stahl gelutscht, drei Tage am Stück.

Du hast deiner Mutter nie von dem Abend mit dem Bürgermeister erzählt.

Auf die gleiche selbstgefällige Art wie damals sein Vater weist dir Denkinger im Ratskeller mit seinem Gehstock den Platz. Du willst dich setzen. Du siehst nach dem Jungen. Es ist schon zu spät. Der Junge rennt von Tisch zu Tisch durch die Gaststube. Jedes Glas Most, das er sieht, leert er auf ex. Für ein jedes braucht er nur einen Zug, danach stellt er die Gläser in der exakt gleichen Position wieder hin. Du erwartest einen Aufschrei, aber alle sind still. Erst der Bürgermeister bricht das Schweigen im Gastraum. Er ruft:

Geht auf mich!

Du setzt dich hin, neben dir wippt der Junge, und der Bürgermeister fragt:

Wein?
Was der Junge trinkt,
weiß ich ja nun.

Du versuchst zu lachen, du schneidest stattdessen mal wieder eine deiner Grimassen und nickst. Der Bürgermeister gibt dem Wirt ein Zeichen, danach wendet er sich an dich, als wärst du kein alter Mann, sondern ein Kind:

Afrik, Afrik!
Mein Guter!
Wen haben wir da?

Er reckt sein Kinn in Richtung des Jungen, der gerade neben dir die Tischplatte ableckt. Du würdest gerne erst trinken und sagst deshalb nichts. Du ziehst den letzten Schnitz

Apfel, den du hast, aus der Tasche, gibst ihn dem Jungen und tust so, als hättest du die Frage überhaupt nicht gehört.

Obwohl fast alle Tische im Ratskeller gut besucht sind, ist es mucksmäuschenstill. Du siehst den Nachtkrapp durch den Gastraum hüpfen, du siehst, wie er, wie zuvor der Junge, von jedem Glas nascht, du überlegst, ihn zu verscheuchen, aber du verkneifst dir dein:

Husch!
Husch!
Husch!

Bis der Wirt den Wein bringt, hast du Zeit dir zurechtzulegen, was du gleich sagst. Du willst nicht schon wieder nur ein Wort rausspucken, du suchst nach so etwas wie einem Satz.

Der Wirt stellt das Glas Wein vor dich, du nimmst einen Schluck und alles, was du dir zuvor zu sagen überlegt hattest, ist weg. Das Einzige, was aus dir rausbricht, ist ein Schlachtruf. Du schreist ihn fast:

Djilali!

Anstatt dass sich hinter dir, wie einst bei Buffalo Bill, die Reihen schließen, schauen dich alle an, als wärst du verrückt. Schon wieder springt dir der Bürgermeister zur Seite. Er steht auf, erhebt sein Glas und ruft wie zuvor du:

Djilali!

Ein Prosit!
Eins auf Djilali!
Und eins auf unseren alten Freund,
den Afrik!

Dann fragt er:

Habt ihr Hunger?

Er bestellt Schupfnudeln mit Sauerkraut und Speck für euch zwei. Du musst aufpassen, dass dir keine Krautfäden im Bart hängenbleiben, es gelingt dir ganz gut. Der Bürgermeister schaut dir und dem Jungen beim Essen ganz genau zu. Als Erster hat der Junge aufgegessen, sein Teller sieht aus, als wäre er noch niemals benutzt, in deinem Teller kleben kleine Reste dünner Krautfäden, aber du warst fast so schnell wie der Junge, so hastig hast du schon lange nicht mehr gegessen, vielleicht zuletzt das Ratatouille in Algier.

Du denkst an den Hunger, du denkst an den Krieg und siehst vor dir den Sohn des Mannes, der mit die Schuld daran trägt, dass du beides erlitten hast. Immerhin bist du jetzt satt.

Schon bevor ihr damals Marseille überhaupt erreicht habt, war für euch die Kost rationiert. Eure Reise führte über Mülhausen, Mömpelgard, Besançon, Dole, Lyon nach Marseille. Schon kurz hinter Colmar, wo sie euch von den Kutschen gescheucht hatten, wart ihr ein trauriger Treck. Gerade für die Alten war die tägliche Wegstrecke von vierzig Kilometern, dazu noch mitten im Winter, zu beschwerlich, kaum jemand war noch gesund. Einen jeden von euch plagte der Husten, eure Wangen waren eingefallen, die Schuhe, spätestens seit Dole, alle kaputt.

Juliana Gutgsell starb am 3. Januar des Jahres 1854 in Lyon als Erste von euch.

Fast fünf Monate lang wart ihr unterwegs, im April des Jahres 1854 erreichtet ihr endlich Marseille. Auf den Masten des Schiffes, das euch nach Algerien bringen sollte, saßen graue Tauben. Nie wieder hast du Tauben in der Nähe des Meeres gesehen. Als Erstes durften die Soldaten der französischen Armee von Bord. Euch Kolonialisten ließ man warten, und du standest voller Erwartung recht abenteuerlustig an Deck.

Erst nach weiteren drei Tagen im Hafen kam ein Vertreter des Départements Algier und führte euch in eine hölzerne Baracke in der Nähe des Kais.

Dir und allen anderen war vor Hunger und Durst unendlich schlecht. Dann, endlich, gab es zu essen, drei Soldaten kamen in die Baracke, zwei von ihnen trugen den Topf.

Ratatouille!

Ihr hattet keine Löffel, ihr aßt die Suppe mit euren schmutzigen Händen, ihr wart zum ersten Mal seit langem wieder ordentlich satt.

Ratatouille!
Ratatouille!

Ratatouille!

Jeden Tag der kommenden Wochen gab es nur das. Und wie jeden Tag bekam jeder, der den Soldaten noch keinen Löffel hat abkaufen können und ihn in seinem Gewand versteckt hatte, fast nichts.

Jeden Tag, wenn die Suppe von den Soldaten in eure hölzerne Baracke im Hafen von Algier geschleppt worden ist, habt ihr euch vergessen, so als wäret ihr Fremde, die einander bekämpften, einmal am Tag herrschte Krieg.

Wärt ihr weniger hungrig gewesen, es hätte für euch alle gereicht. So schwappte die Hälfte des dünnen Eintopfs auf den braunen Boden aus Lehm, weil ihr mehr darum kämpftet, als dass ihr aßt. Du hast Kinder gesehen, die den Boden ableckten, du sahst alte Männer, die ihren Bart tränkten, um ihn die Nacht über zu lutschen, du sahst, wie der Hunger aus euch Tiere gemacht hat, jeden Tag ein klein wenig mehr.

Es brauchte erst eine Gruppe von Neuankömmlingen, bis ihr euch wieder besanntet.

Es dämmerte bereits, als die Soldaten sie zu euch in die Baracke geleiteten, doch selbst in dem schummrigen Licht konntet ihr sehen: Einem jeden von ihnen ging es hundertmal schlechter als euch.

Ihre Körper waren Striche, viele von ihnen hatten schon die Haare verloren. Als die Soldaten an diesem Abend die Suppe brachten, gabt ihr den Neuen eure Löffel, ihr selbst hieltet euch auch an den kommenden Tagen zurück. Dass ihr euch die Tage und Wochen zuvor das Essen gegenseitig gestohlen habt, tat euch beim Anblick dieser jämmerlichen Gestalten unendlich leid.

Brasilien!
Brasilien!

Fast jede Nacht rief einer der Neuen in der Baracke danach. Du wärst schon froh gewesen, endlich Algerien zu sehen. In der Ecke, in der deine Mutter und du euch eingerichtet hattet, lag nun eine Frau mit ihrer Tochter auf einer der Matratzen aus Stroh. Die ersten Tage waren sie zu schwach, um sich die Suppe zu holen. Mutter gab ihre Rationen der Frau, du deine dem Mädchen, das vielleicht so alt war wie du.

Jedes Mal, wenn du dem Mädchen die Suppe gebracht hast, kam der Nachtkrapp, aber du hast in diesen Tagen kein bisschen auf ihn gehört.

Pfui Frau!
Pfui Mädchen!
Iss selbst die Suppe!
Iss!
Iss!

Du dachtest, der Nachtkrapp wollte sie verhöhnen, dann sahst auch du die Flecken auf ihrer Brust. Ihr ganzer Körper war heiß. Sie starben wie die Fliegen.

Der Typhus ging um!

Jeden Tag schleppten die Soldaten die Leichen hinaus.

Das Mädchen und seine Mutter überlebten. Bevor ihr getrennt wurdet, erzählten sie euch ihre Geschichte. Sie wurden noch mehr in die Irre geführt als deine Mutter und du.

Das Land, das ihnen versprochen wurde, war Brasilien und nicht Algerien, wo ihr in der Baracke fast gestorben seid. Das Mädchen und seine Mutter kamen aus Trier. Der Agent, der hunderte von ihnen in die Fremde führte, war ein Dieb. In Dünkirchen, am Rande des Atlantiks, wo sie das Schiff besteigen sollten, war er von einem Tag auf den anderen mit all dem Geld weg, das sie für die Passage nach Brasilien gespart hatten.

Zurück in die Heimat konnten sie nicht.

Mit dem Grenzübertritt nach Frankreich hatten sie all ihre Rechte verloren. Auf die Schiffe nach Brasilien durften sie nicht.

Sie hausten in Zelten, viele Bürger von Dünkirchen halfen ihnen, so gut es nur ging, die anderen schimpften sie Taugenichtse und wünschten sie weg.

Dann brach die Cholera aus und danach, in Dünkirchen schon, so wie in der Baracke von Algier, der Typhus, und der Ministerrat der französischen Regierung beschloss *le départ des Allemands.*

Wie deine Mutter und du wurden sie über Marseille

ausgeschifft, 43 von ihnen starben auf der Überfahrt nach Algier.

Der Rest kam zu euch in die Baracke am Hafen. Wie viele dort starben? Du hast die Toten nicht gezählt, dafür jeden Tag, an dem du hungrig gewartet hast, bis die Soldaten endlich gekommen sind mit:

Ratatouille!

Du bist froh, dass es heute Schupfnudeln gibt. Mit deiner Zunge suchst du nach Resten von Kraut in deinen Zähnen, neben dir lutscht der Junge am Ärmel seiner Jacke und der Bürgermeister fragt dich:

Ein Schnaps?
Ein Obstler?
Das ist dir doch recht?

Der Bürgermeister trinkt seinen zuerst. Du rührst dein Glas erstmal nicht an.

Du weißt, was er dich gleich fragen wird:

Wer ist der Junge?
Wo kommt er her?

Du wüsstest ja selbst gerne die Antwort, und statt viel zu sprechen, wovor du Angst hast, zeigst du auf den Jungen und sagst:

Jacob!

Aha, und weiter?

Du würdest gerne den Brief, den der Junge mit sich gehabt hatte, vorzeigen, du bereust es, dass du ihn verbrannt hast, und nimmst einen zaghaften Schluck Schnaps.

Weiß nicht!
Weiß gar nichts!

Du überlegst, ob es gestern war oder vorgestern, als der Junge auf der Bank vor deiner Tür saß, es fällt dir nicht ein.

Junge!
War da.

Der Junge schnappt sich deinen Löffel und leckt ihn ab. Er balanciert ihn auf seinem kleinen Finger, fast könnte man meinen, er fliegt.

So, so, Afrik!
Einfach da war der Junge.
Und was stimmt mit ihm nicht?

Du willst mit den Schultern zucken. Es sieht aus, als schütteltest du dich. Du willst dir vor Scham in die Hand beißen, du unterdrückst den Reflex. Du trinkst den Rest Schnaps, fast sitzt du da, als wäre das alles hier für dich alltäglich und nicht die Überwindung, die es ist. Am liebsten würdest du dir den Jungen schnappen und einfach hinausstürmen, sofort. Du schaust zur Uhr neben der Theke. Noch eine Stunde hat der Laden der Krämerin auf.

Der Bürgermeister will dir Schnaps nachschenken. Du bedeckst mit deiner Hand schnell das Glas. Es soll nicht so enden wie mit seinem Vater, du fragst dich noch immer, was er eigentlich will.

Und wie soll das weitergehen?
Bleibt der Junge bei dir?
Afrik, mein Guter, wo führt das hin?

Du musst zugeben, die Frage des Bürgermeisters ist berechtigt. Bislang hat es dir gereicht, wenn der Junge nicht schreit. Du versuchst mit den Schultern zu zucken. Dir gelingt das Kunststück, du schüttelst dich nicht.

Du hättest dich auch auf allen Vieren schütteln können wie ein nasser Hund und dabei röhren wie der Hirsch oben im Wald bei der Brunft. Es hätte keiner gemerkt. Alle schauen auf den Jungen, der mitten im Gasthaus seine Hose auszieht und, während er immer noch mit dem kleinen Finger der rechten Hand den Löffel balanciert, mit den Fingern der anderen Hand seine Hoden massiert.

Jacob!
Non!

Du springst auf, stellst dich schützend vor den Jungen, dabei berührst du ihn, der Löffel fällt runter und der Junge beginnt mit seinem sirenenartigen

Iiiiiiieeeehhhhhhhh!

Du ziehst ihm die Hose hoch und bugsierst ihn mit sanftem Druck auf die hölzerne Bank. In sich zusammengesunken sitzt er da und wippt wie wild mit seinem Kopf vor und zurück.

Afrik!
So geht das nicht.
Der Junge braucht frauliche Fürsorge.
Das Beste wird sein, du bringst ihn sofort zu den Nonnen ins Kloster.
Die kennen sich aus mit Kindern
und mit Geisteskrankheiten auch.
Hand drauf!
Und dann noch einen Schnaps!

Obwohl du dir nicht sicher bist, ob du wirklich einschlagen sollst, reichst du dem Bürgermeister die Hand. Auf dem Tisch hüpft der Nachtkrapp triumphierend und ruft:

Weg mit dem Jungen!
Der Junge kommt weg!
Iiiiiiieeeeeeehhhhh!

Du bist den Weg ins Kloster schon sehr oft gegangen, du kennst jeden Stein, du weißt, wie lange es dauert, bis man dort ist und du weißt, um heute noch loszugehen, ist es zu spät. Du sagst:

Morgen!
Morgen!
Junge und ich!
Gehen!

Dann verlässt du, ohne dich zu verabschieden, mit dem Jungen das Wirtshaus. Die kalte Luft tut dir gut.

Auf, Jacob,
allez!
Erst gehen wir zur Krämerin
und dann
gehen wir heim.

Die Worte sind nur so aus dir rausgesprudelt, du erkennst dich selbst nicht wieder und nimmst dir vor, es auch gleich bei der Krämerin mit ganzen Sätzen zu versuchen und nicht nur mit kurzen Befehlen, die du laut bellst. Auch der Junge, der hinter dir geht, macht einen ganz passablen Eindruck, er folgt dir mit seinem auf den Fußspitzen hüpfenden Gang, er schaut in den Himmel und lacht. Du würdest gerne wissen, worüber er sich freut. Vielleicht, hoffst du, beginnt ja auch er irgendwann zu sprechen, wenn selbst einem wie dir das gelingt.

Einen schönen guten Tag, gute Frau!

Die Krämerin lacht. Dich reden zu hören klingt auch für sie, als hättest du ihr ein Ständchen gebracht. Nachdem sie dir alles, worum du gebeten hast, eingepackt hat, geht sie hoch in ihre Stube und kommt mit zwei Stück Kuchen zurück. Eins für den Jungen und eines für dich.

Du bedankst dich höflich und steckst die Einkäufe in deinen grünen Rucksack, selbst an Kaffee und frische Milch für den Jungen hast du gedacht.

Auf dem Weg hoch zu deiner Hütte wird sich deine Laune verschlechtern, an der Kirche, wie immer, wird der Nachtkrapp sein Werk verrichten, du wirst sehen, wie er dort mal wieder rumschnuppert und tanzt:

Endlich wieder graben!
Endlich wieder graben!
Endlich Afrika sprengen!
Der Junge kommt weg.

Du wirst ihn nicht verscheuchen, soll er doch singen, der Vogel! Du wirst mit dem Jungen einfach weitergehen, als gäbe es den Störenfried nicht. Dein letzter gemeinsamer Abend mit dem Jungen, das hast du dir vorgenommen, wird friedlich und schön.

Du kochst Kartoffeln, dazu gibt es Quark, du hättest gerne auch Schnittlauch gehabt, den isst du im Sommer so gerne. So schneidest du Zwiebeln, die gibt es immer, du musst dabei weinen und als du dir die Augen reibst, verschmierst du Quark in deinem Bart.

Du fluchst, weil der Quark deine Barthaare verklebt. Bis du deinen Kamm gefunden hast, ist er hart. Du setzt dich neben den Ofen und kämmst ihn, so gut es nur geht, raus. Kleine weiße Klumpen fallen zu Boden.

Der Junge kommt, er sammelt sie auf, legt seinen Kopf schräg und schaut dir interessiert zu. Noch nie kam er dir von sich aus so nah. Du reichst ihm den Kamm, er nimmt ihn und entfernt für dich jedes noch so kleine Korn aus deinem Bart. Ganz kurz nur schaut er dir dabei zum ersten Mal, seit er vor deiner Tür gesessen hat, in die Augen, nichts an seinem Blick verrät, dass er so ist, wie er ist. Für einen Moment ist alles so, wie es soll.

Morgen früh schon werdet ihr euch wieder auf den Weg machen, erst hoch in den Schwarzwald, dann, auf der anderen Seite, zum Kloster hinab. Es wird beschwerlich werden. Der Schnee liegt noch hoch.

FÜNF

Der erste Weg, den du je gezwungen wurdest zu gehen, ist der gleiche wie jetzt. Du spürst, wer hier je den Boden berührt hat und wer ihn in ferner Zukunft betreten wird. In deinem Kopf das Getrampel tausender Schritte, in deinen Ohren das gleichmäßige Stapfen des Jungen. Der Weg ist uralt.

Du siehst deine Mutter, wie sie dich als kleines Kind führt. Damals war der Schnee gerade geschmolzen, an euren Schuhen klebte der Matsch und der Saum ihres schwarzen Rocks war braun. Du siehst den Präfekten von Colmar mit seinen Datteln im Gepäck, du siehst deinen Vater, sein Bündel geschnürt, du siehst den Bauern Jakob Gepfart, wie er zu Zeiten des Bauernkriegs, auf den Knien kriechend, von Fürsten und Pfaffen geschlagen, versucht seinen Hof zu erreichen. Du siehst, wie er verblutet, genau da, wo der Junge und du jetzt im ersten Sonnenschein stehen.

Deine Mutter und du gingt den Weg ein paar Mal im Jahr. Dabei hattet ihr die Gebete der Winzer, ihr gingt auf

Wallfahrt für sie. Ihr wurdet dafür nicht fürstlich bezahlt, aber es reichte für neue Schuhe oder eine neue Jacke für dich. Nur die Reichen können es sich leisten, nicht selbst zu pilgern, für ihr Seelenheil bezahlten sie deine Mutter und dich. Wie weit ihr zu pilgern hattet, bestimmte der Preis. Den meisten war ihre Seele nicht mehr wert als der Weg über den Hügel zum Kloster. In der Kapelle legtet ihr die Briefe, die sie euch gegeben hatten, unter den dafür vorgesehenen Stein. Als ihr wieder im Dorf ankamt, war es immer schon dunkel, aber immerhin wart ihr wieder daheim.

Es gab auch Pilgerreisen, für die habt ihr fast eine Woche gebraucht. Einmal seid ihr mit den Gebeten des Winzers Riether bis nach Schuttern hinauf. Maria, hoffte er, sollte ihn dank eurer Reise von seinen Sorgen und Nöten erlösen, wie dereinst den Schmiedegesellen aus Schuttern, der mit den Kreuzrittern ging und in Jerusalem in türkische Gefangenschaft geriet.

Du siehst die Fratze des Nachtkrapps, wie er grient ob der Dummheit der Geschichten, wegen derer ihr euch auf den Weg machen musstet, in der Hoffnung, dass nicht ihr, sondern andere erlöst werden von einem Ave-Maria, das deine Mutter vor den Ketten des Schmieds in Schuttern laut spricht.

In Algerien hat das Gebet dich wiedergefunden. Kaum ein Tag verging, an dem deine Mutter nicht auf Knien Maria anrief und sie bat, dass sie auch euch, wie einst dem Schmied, einen Schimmel schickt, der euch durch die Lüfte trägt und sanft wieder absetzt, daheim. Du hörtest, wie der Nachtkrapp lachte, wie er dich und Mutter verhöhnte:

> Kein Schimmel!
> Kein Kamel!
> Weit und breit!

Das Einzige, was euch aus der alten Heimat erreicht hat, waren die Briefe der Gemeinde, ein jeder wie ein Schlag ins Gesicht. Von Brief zu Brief ging es deiner Mutter schlechter. Sie wollte nicht mehr. Brot, Reis, Datteln, was deine Mutter auch aß, sie spie es sofort wieder aus. Von dem wenigen Geld, das ihr noch hattet, kauftet ihr Briefmarken, die gleichen wie auf dem Brief, den der Junge dir gab. Deine Mutter schrieb Bittgesuch um Bittgesuch an die Gemeinde, auf dass man euch wieder heimhole, denn in Algerien gab es ja nichts. Die Antwort, die deine Mutter erhielt, war immer dieselbe:

> Bleibt in Gottes Namen dort, wo ihr seid!
> In Afrika könnt ihr ein Vermögen erwerben, hier ist nicht eine Wohnung, nicht ein Zimmer für euch.

Du schiebst die Erinnerung weg, du hast viel zu oft daran gedacht. Du gehst weiter, du magst alt sein, deine Beine sind krumm wie Rebstöcke, du kommst trotzdem noch immer voran, einen Fuß vor den anderen, nur der rechte bereitet dir Sorgen, im Spann ein Ziehen und Stechen, das macht er recht oft.

Du kühlst die Schmerzen mit Schnee. Der Riemen deines

Beutels zieht dir Striemen in deine Schultern, du solltest ihn anders tragen, du nimmst den Schmerz einfach hin. Trotz der Kälte läuft dir der Schweiß den Nacken hinunter. Du hast Durst, du nimmst deine Feldflasche aus Kupfer vom Gürtel und reichst sie dem Jungen, erst dann trinkst auch du.

Die letzten Meter über das Geiersnest hoch sind steil. Vom Friedhof weht eine Kälte herunter, die Toten sind wach, du hörst sie raunen, ihre hohen Stimmen rasseln im Wind. Wie gerne würdest du deine Mutter noch einmal sehen, und sei es nur in deinen Träumen, doch der Nachtkrapp denkt nicht daran, er bringt dich nie hin. Wie ein Schlafwandler streifst du weiter, mit jedem Schritt verabschiedest du dich auf dem Weg mehr von dem Jungen, der Nachtkrapp hat dich wieder vollkommen im Griff.

Graben!
Afrika!
Sprengen!

Bei jedem Schritt, den du tust, ruft er:

Bumm!
Bumm!

Du antwortest:

Du!
Du!

Du musst dein Werk endlich vollenden. Es beginnt stark

zu wehen und da vorne, auf der anderen Seite der Lichtung, siehst du die erste Nonne in ihrem schwarzen Habit im Schnee.

Jacob!
Da ist es!
On arrive!

Bevor du an die hölzerne Tür klopfst, befreist du den Jungen vom Schnee. Er lässt sich von dir anfassen, selbst als du ihm die Mütze abnimmst, schreit er nicht. Als wäre es ein Spiel, beginnt er nun seinerseits von dir den Schnee abzuklopfen und hört erst auf damit, als er keine Flocke mehr sieht.

Du nimmst den letzten Apfel aus deiner Tasche. Der Junge beißt sofort hinein. Du suchst den Brief, den dir der Bürgermeister gestern Abend vom Ratschreiber noch hat bringen lassen, in deiner Brusttasche. Du bist froh, dass du dank des Briefes nicht wirst sprechen müssen, du nimmst an, alles, was wichtig sein wird …

… steht da schon drin.

Der Junge schaut dich an, als hättest du mit ihm gesprochen. Du bist dir nicht sicher, ob du gerade was gesagt hast, du antwortest ihm trotzdem und sagst:

Nix!
Nix!
Rien!

Der Junge hat den Apfel gegessen, der Butzen baumelt am Stiel, mit Daumen und Zeigefinger hält er ihn fest. Du bietest ihm einen Schluck zu trinken an, er lässt den Butzen fallen, er versinkt tief im Schnee.

Als er dir die Flasche zurückgibt, schieben sich die Wolken zur Seite, die Sonne spiegelt sich in den Knöpfen eurer Jacken, als wärt ihr beide eine Ziehharmonika spielt der Junge auf euch eine Melodie, die außer ihm keiner hört. Dabei tanzt er, seine Wangen glühen, er lacht und er wippt. Im gleichen Takt wie der Junge hüpfst nun auch du. Auf deiner Schulter schwoft sogar der Nachtkrapp ein klein wenig mit.

Als hätte dich der Junge schon wieder gekitzelt, musst du lachen, du bist ein alter, für einen kurzen Moment sehr glücklicher Mann. Du klatschst in deine Hände, du trägst Handschuhe, dein Klatschen klingt dumpf. Der Junge beginnt sich zu drehen, du machst es ihm nach.

Du nimmst deine Kette in beide Hände und ziehst sie dir über den Kopf. Der Stein, der grün und blau leuchtet, glitzert in der Sonne. Du gibst sie dem Jungen. Er legt sie sich um den Hals.

Aus euren weit geöffneten Mündern steigt dampfender Atem, du drehst dich immer schneller, irgendwann fällst du um. Du liegst auf dem Rücken, du schmeckst Schnee auf deinen Lippen und schließt die Augen, die schwarzen Kugeln des Nachtkrapps sind bunt. Als sie aufhören sich zu drehen, verschwinden sie, hinter deinen Lidern ist alles hell.

Du spürst den Kopf des Jungen auf deiner Brust, in deinem grauen Bart klebt weißer Schnee. Du merkst, wie er schmilzt in der Sonne, du hörst den gleichmäßigen Atem des Jungen, du bildest dir ein, es wäre Frühling und der Boden schon warm. Du willst dir die Sonne anschauen, stattdessen siehst du drei Nonnen, die sich über dich beugen, so als wollten sie nachschauen, ob du noch lebst. Du erschrickst, neben dir der Junge schreit:

Iiiieeeeehhhhhhhh!

Wenn du nicht zu sehr damit beschäftigt wärst, auf die Beine zu kommen, würdest du sehen, wie sich die Nonnen bekreuzigen, du versuchst dich zu erinnern, wie man Nonnen begrüßt, und rufst, nein du schreist:

Gegrüßt sei Jesus Christus!

Sie antworten:

In Ewigkeit. Amen!

Du klopfst dir den Schnee von deinem Mantel, ziehst die Handschuhe aus und holst aus deiner Innentasche den Brief.

So!
So!

Mehr sagt die Nonne, die den Brief entgegengenommen hat, nicht. Nachdem sie ihn gelesen hat, lässt sie ihn in ihrem Ärmel verschwinden und geht langsam auf den Jungen zu, der sich hinter deinem Rücken versteckt. Du trittst zur Seite und lässt alles Weitere nur noch geschehen.

Selbst als du schon wieder oben im Wald bist, hörst du den Jungen noch schreien, sein nicht enden wollendes, markdurchdringendes:

Iiiieeeeehhhhhhhh!

Du erreichst deine Hütte am Abend. Der Mond leuchtet im Schnee und in deinem Ofen glimmt noch die Glut. Ohne dich auszuziehen, legst du dich hin. Dein Bett riecht noch nach dem Jungen. Du stehst sofort wieder auf. Neben der Schnapsflasche sitzt der Nachtkrapp und tut so, als zöge er aus ihr den Korken heraus. Du nimmst ein großes Glas und schenkst es dir voll. Du schaust aus dem Fenster. Es ist dir alles zu still. Du würdest gerne singen, aber außer einem alten Soldatenlied fällt dir nichts ein. Du kochst dir ein paar Kartoffeln und isst den letzten Rest Quark.

Afrika!
Afrika!
Sprengen!
Bumm!
Bumm!

Du hörst den Nachtkrapp zwar, aber seine Worte entfalten keine Bedeutung, keine Wut, keine Gelüste nach Rache, es sind einfach nur Worte, die um dich herumwabern wie ein trauriges Lied.

Dir fällt auf, dass deine Füße stinken. Du wäschst sie mit

Seife. Du siehst, dass dein Werkzeug kleine Rostspuren hat. Du polierst es. Du merkst, dass du gerne mehr trinken würdest. Du schenkst dir dein Glas noch einmal voll, und trotzdem fühlt es sich in deiner Hand an, als wäre es leer. Du versuchst, an deine Mutter zu denken, daran, wie es war, als ihr gegangen seid und im Flur diese frisch gezimmerte Reisekiste darauf gewartet hat, dass jemand kommt und sie auf die Kutsche verlädt.

Deine Mutter stand vor der Garderobe und nahm ihren Mantel vom Haken, du hattest den deinen schon an. Als sie euch in Algier endlich aus der Baracke entlassen haben, hattet ihr die Hälfte eures Hab und Guts schon verkauft. Was sie euch versprochen haben, war:

> Freies Haus!
> Freies Feld!
> Und allzeit Arbeit genug!

Was ihr vorfandet, war:

> Staub!
> Kein Land!
> Und Armut, mehr als daheim!

Knapp einen Monat lang habt ihr euch auf Empfehlung der *Direction Algier* im Schutze eines Armee-Trecks Richtung Osten vorangekämpft. Je weiter ihr euch von Algier und der Küste entfernt habt, umso steiniger und öder wurde das Land. Niemand hatte auf euch gewartet. Nicht die Franzosen, nicht die Araber, und als Mann an der Seite deiner Mutter taugtest du nichts.

Auf dem halben Weg nach Constantine, eurem Ziel, habt ihr den Rest eurer Habseligkeiten samt der Kiste, die zuhause in eurem Flur gestanden hatte, verkauft. Der Franzose, der alles bekam, vermietete euch dafür für ein Jahr eine Hütte samt einem kleinen Stück Land, eine Stunde Fußmarsch von der nächsten Siedlung entfernt.

Bon terrain!
Gutes Land!

Auch das eine Lüge. Selbst im kommenden Frühling wuchs nichts. Schlimmer war nur der Winter und mit ihm der Regen, der im Januar kam. Bis März floss das Wasser in Bächen durch euer undichtes Dach. Der lehmige Boden war drei Monate lang nass, ihr habt die Strohsäcke, auf denen ihr schlieft, tagsüber hochkant gelagert, trotzdem waren sie jeden Abend feucht wie ein vollgesogener Schwamm.

Deine Mutter begann, die Briefe in die Heimat zu schreiben, doch es nützte so wenig wie ihre Gebete. Da war kein Schimmel, der euch wie einst den Schmied aus Schuttern nach Hause brachte, da war gar nichts, weit und breit. Der Sommer, der kommen sollte, war heiß und trocken, die Kartoffeln, die ihr in der Erde vor eurer Hütte vergraben habt, waren verdorrt. Deine Mutter hatte nun von Tag zu Tag immer mehr Durst. Sie wurde von einem hitzigen Fieber gepackt, die Quelle vor eurer Hütte war fast schon versiegt.

Nur der Nachtkrapp fühlte sich wohl. Er mag das Fieber, es ist sein Ofen und seine Decke zugleich. Es bringt Farben mit, meist Rot oder Gelb und ab und an Violett. Er spielt damit, jongliert wie ein Gaukler, nur tausend Mal flinker, die Farben verschwimmen zu riesigen Feuerbällen, du warst allein vom Zuschauen erschöpft, deine Mutter aber wimmerte, du machtest ihr mit dem letzten Wasser Wickel, so wie sie früher für dich. Aber selbst das ununterbrochene Wehen des Windes verschluckte ihre immer lauter werdenden Schreie nicht. Du hast überlegt, Hilfe zu holen, du wolltest sie nicht allein lassen, du bliebst bis zum Ende bei ihr.

Du weißt nicht mehr, was sie in den letzten Tagen im Delirium gesagt hat, das letzte Bild, das du von ihr hast, ist eine abgemagerte Frau, die einen Stapel Briefe umklammert, als wären diese ihr Testament. 39 Jahre war sie alt, als sie starb. Und du warst 18, als dein neues Leben begann.

Du willst aufhören, daran zu denken, du hast dir die Geschichte viel zu oft selbst erzählt. Nach deiner Rückkehr ins Dorf, ganz am Anfang, kam an dieser Stelle immer der Nachtkrapp und stachelte dich an.

> Erzähl weiter!
> Berichte mir!
> Damit du weißt,
> warum du morgen früh gräbst!

Doch jetzt ist da nichts mehr, kein Nachtkrapp, keine Wut, keine Rachegelüste. In deiner Hütte ist heute nur Stille und hinter dir ein leeres Bett, in dem du in dieser Nacht ganz sicher nicht schläfst.

SECHS

Dein Leben als Krieger begann damit, dass du mit bloßen Händen in der sandigen Erde vor eurer Hütte das Grab für deine Mutter aushobst. Zwei Tage und zwei Nächte hast du gegraben, in den gelben Sand mischte sich das Blut deiner Hände, du hast gedacht, diesen Schmerz wärst du deiner Mutter schuldig, dann legtest du sie samt der Briefe, die sie immer noch umklammert hatte, hinein in das Grab. Mit ihrem besten Kleid, das blau war und auch ein klein wenig rot, decktest du sie zu. Sie umzuziehen, dafür fehlte dir in all deinem Schmerz doch der Mut.

Graben!
Graben!
Graben!

Schon damals fiel dem Nachtkrapp nichts anderes ein. Als du fertig warst, nahmst du einen langen Ast und legtest ihn auf einen Stein. Du tratst darauf und bandest aus den zwei Teilen ein Kreuz. Dann rammtest du das Kreuz in den Sand. Mit dem ersten Windstoß fiel es um.

Du warst damit beschäftigt, Steine zu sammeln, da hast du einen Reiter gesehen. Neben dem Grab deiner Mutter hielt er an. Es war ein Beduine, vielleicht auch ein Araber oder beides, du kanntest die Unterschiede noch nicht. Du hattest das Kreuz in der Hand und der Mann auf dem Pferd sagte:

Chrétien!

Du dachtest, er wollte deine Mutter als Kretin verunglimpfen, und gingst sofort mit dem Kreuz auf ihn los. Obwohl er nicht älter war als du, war er stärker, er rang dich sofort zu Boden. Du weißt nicht mehr, ob du damals schon irgendwann verstanden hast, dass *chrétien* Christ bedeutet, oder ob es nur seine Kraft war, die dich beeindruckt hat, du wusstest nur, dass du gerade verloren hattest und dir wünschtest, du wärst auch ein so kräftiger junger Mann und hättest ein Pferd. Du hast genickt und aufgehört, dein Kreuz zu umklammern. Er stand auf und reichte dir seine Hand.

Alors!
Je suis Djilali!

Du lagst noch im Sand, als du sagtest:

Mein Name ist Franz!

Djilali lachte und gab dir den Namen, der dir bis heute lieber ist als der langweilige Franz.

Voilà.

Bonjour!
Faïz!

Er hat dich mitgenommen, du klammertest dich auf dem Rücken seines Pferdes an ihm fest, nichts von dem Wenigen, was noch in der Hütte war, nahmst du mit.

Das Algerien, das du mit Djilali sehen solltest, hatte mit dem Elend, das du zuvor dort kennengelernt hattest, nicht viel zu tun. Im Mai waren die Granatbäume in voller Blüte, es gab Aprikosen, so viel du nur wolltest. Ende Juni fing die Feigenzeit an und dauerte bis Mitte August. Die ersten Feigen waren größer als die späteren und waren dafür so süß wie zuhause die Kirschen Ende August. Im Juni und Juli hast du Kürbisse und Melonen gegessen und am Ende desselben Monats waren die Trauben und Quitten vollreif.

Du hast gegessen, so viel du nur konntest, du lerntest zu reiten und im Sand Fährten zu lesen, vor allem aber zeigte dir Djilali, wie man schießt. Gezielt hast du nur auf Franzosen, du weißt nicht mehr, wie viele Soldaten du in deinem Leben erschossen hast.

Nachts habt ihr unter freiem Himmel geschlafen, mal in der Wüste, mal im Gebirge oder am Meer. Du hast dich gekleidet wie Djilali und trugst ein weißes, wollenes Tuch mit Kapuze, deine Haare waren kurz geschoren, deine Vorhaut wurde beschnitten, du warst nun einer von ihnen und zogst gemeinsam mit Djilali gegen die Franzosen in den Heiligen Krieg.

Töten!
Töten!
Töten!

Die schwarzen Kugeln des Nachtkrapps waren in jener Zeit jeden Abend besudelt mit Blut. Du wolltest den Tod deiner Mutter rächen und trafst mit jedem Schuss die Falschen, du mochtest die Franzosen nicht, aber der Heilige Krieg war nicht deiner, deine Front, das hast du erst nach deiner Rückkehr verstanden, war und ist in der Heimat, hinter dem Fenster, durch das du jetzt schaust.

Du kannst nicht schlafen. Du willst nicht noch mehr Schnaps trinken. Du willst es endlich hinter dich bringen und morgen schon Afrika sprengen und dich auch gleich mit. Dreißig Jahre hast du nur auf diesen Augenblick hingelebt.

Bumm!
Bumm!
Und Bumm!

Du solltest glücklich sein, du solltest tanzen, du solltest die ganze Flasche Schnaps in einem Zug trinken, dir alle Eier braten und den Speck gleich noch mit. In dem Regal, das du dir aus Eichenbrettern gebaut hast, steht eine Flasche mit Wein aus Afrika. Du musst zugeben, der Wein, der aus den Trauben, die vor deinem Fenster wachsen, gekeltert wird, schmeckt recht gut.

1899 war ein guter Jahrgang, der Ertrag und der Gewinn, den die Winzer in jenem Jahr erzielten, war hoch. Jeden

Tag, bevor du im Stollen zum Graben verschwindest, schaust du die Weinflasche an. Du hast sie auf dem Weinfest gestohlen, nie zuvor und danach in deinem Leben hast du außer dem Sprengstoff etwas geklaut. Aber für den Wein aus Afrika hat deine Mutter schon vor Jahren mit ihrem Leben bezahlt.

Du wirst die Flasche morgen mit in den Stollen nehmen. Bevor du die Zündschnur entflammst, wirst du die Flasche entkorken, das Glas, aus dem du trinken wirst, darfst du nicht vergessen. Du stehst auf und stellst es zur Erinnerung neben die Tür.

Schluck!
Bumm!
Und Bumm!

Du siehst den Nachtkrapp um das Glas herumhüpfen, als wäre es der Heilige Gral. Du willst ihn nicht mehr verscheuchen, du bist froh, dass er bei dir ist, du bist gerade lieber zu zweit.

Du legst dich ins Bett und wartest auf seine Kugeln, doch er lässt dich im Stich. Du hörst auf deinen alten Atem, er ist gleichmäßig, aber in den Schlaf findest du nicht. Du bleibst liegen, dann stehst du auf und legst dich gleich wieder hin.

Junge!
Jacob!

Du willst nicht an ihn denken. Bei den Nonnen, beruhigst

du dich, geht es ihm gut. Haben sie nicht auch dich einst gepflegt? In einem Gefecht mit den Franzosen traf dich ein Schuss in dein Bein. Der gelbe Sand unter deinen Füßen färbte sich rot. Du hast weitergekämpft und auf die Franzosen geschossen. Als es Abend wurde, fielst du um.

Das Nächste, was du gesehen hast, war Djilali, der dich vor einem großen Gebäude ablegte, du sahst ihn an ein Tor klopfen, dann ritt er weg. Du weißt nicht, wie lange dich die Nonnen gepflegt haben, ein paar von ihnen, das weißt du noch, sprachen auch deutsch. Zum ersten Mal seit Jahren wieder hörtest du die Sprache von Mutter und dir. Du hast trotzdem die ganze Zeit über geschwiegen, es war dir lieber, dass sie dachten, du wärst einer von hier. Das Kloster war in der Nähe von El-Bair, am Fuße des Atlas-Gebirges, wo es fast ein wenig ausgesehen hat wie jetzt hier vor deiner Tür.

Als hätte er seit Wochen vor dem Tor des Klosters gewartet, war Djilali da, als du gingst. Am Zügel führte er dein Pferd, wieder zu reiten fiel dir gleich leicht. Kaum hattet ihr das Ende des Tales erreicht und wolltet hoch in eines eurer zahlreichen Verstecke, stand eine Patrouille der Franzosen vor euch. Der Heilige Krieg war zu Ende und ein neuer begann.

Töten!
Töten!
Töten!

Dem Nachtkrapp war es einerlei, auf wen geschossen wurde. Wichtig war, es floss Blut. Die Franzosen wussten, dass ihr auf die Euren nie schießen würdet, also schickten sie euch von Algier aus mit einem Haufen Deserteure nach Frankreich, wo gerade der Krieg mit Deutschland begann. Du hattest keine Lust mehr zu kämpfen, erst recht nicht für die Franzosen, du lagst in den Gräben des Krieges und schossest in die Luft.

Survivre!
Überleben!

Das war die Losung, die Djilali schon auf dem Dampfschiff ausgab, bevor ihr den Hafen von Marseille erreichtet. Du aber dachtest zum ersten Mal, seit du sie beerdigt hattest, nur an Mutter, ihre Briefe, und stelltest dir vor, du gingst in Marseille gemeinsam mit ihr von Bord und dann endlich nach Haus.

Nachts sahst du ihren Schatten, du konntest ihr Haar riechen, sie lag im Schlaf neben dir, aber als du aufgewacht bist, lag um dich herum nichts als ein stinkender Haufen Männer in Uniformen. Schon in Marseille hast du dir geschworen, bei der erstbesten Gelegenheit rennst du weg.

Ihr lagt vor Straßburg, kein Mond war zu sehen. Du wecktest Djilali, der wie immer neben dir schlief.

Viens!
Komm!
On y va!

Noch vor Morgengrauen erreichtet ihr den Rhein. Ihr zogt eure Uniformen aus und schwammt durch den Fluss. Am anderen Ufer war euer gemeinsamer Weg zu Ende. Djilali ging nach Norden, du nach Süden, zurück in das Dorf, das du im Dezember des Jahres 1853 von einer Kutsche aus zum letzten Mal sahst.

Adieu!,

rief der Nachtkrapp.

Salut!,

antwortete der Dschinn.

Von da an verrichteten beide getrennt ihr Unheil, bis du Pfaffenweiler erreichtest, war der Nachtkrapp gottseidank still. Nie in deinem Leben sahst du ihn so oft wie in deinen Jahren im Krieg.

Du stehst auf. Draußen ist es dunkel, aber du weißt, es wird bald schon hell. Du kochst Kaffee, dank des Jungen hast du noch reichlich, die Dose ist voll. Auch von der Milch, die du für den Jungen gekauft hast, ist noch was da. Du trinkst einen Milchkaffee, dein ganzes Leben lang hast du ihn schwarz getrunken. Als hätte auch er bereits Kaffee gehabt, hüpft der Nachtkrapp auf und ab.

Allez!
Allez!
Und gleich
Bumm!
Bumm!
Bumm!

Du packst dein Werkzeug zusammen, du nimmst die Weinflasche aus dem Regal und steckst alles in die Tasche, die du auch gestern, auf dem Weg zum Kloster in Günterstal, getragen hast. Du fühlst dich müde, aber es ist nicht der Schlaf, der dir fehlt.

Du bist alt geworden, vor lauter Rache und Nachtkrapp hast du das all die Jahre niemals gemerkt. Du ziehst deinen Mantel an, du schulterst die Tasche und öffnest die Tür. Der Schnee liegt kniehoch. Die Sonne geht auf.

Du kämpfst dich durch die Reben den Hang hinauf. In dem Frühling, nachdem ihr auf Kutschen davongekarrt worden wart, haben sie in Reihen die Pflanzen talwärts gesetzt. Ein einzelner Winzer hat damals, nachdem sie den Hasenfahren-Wald abgeholzt hatten, um eure Reise nach Algerien zu bezahlen, alle neuen Parzellen gekauft.

Der Denkinger war es, der damals Bürgermeister war, so wie heute sein Sohn. Jahr für Jahr macht das Gewann mehr Gewinn. Es ist ein Westhang, viel Sonne, viel Wärme, die Reben gedeihen hier gut. Benannt haben sie ihn nach dem Kontinent, auf dem so viele von euch in der Hitze mit Fieber, Typhus, Blattern oder vor Erschöpfung eingegangen sind wie ein Rebstock ohne Wasser. Der Rebhang heißt, sie nennen ihn so:

Afrika!

So wie dich das Leben vernachlässigt hat, hast auch du, seitdem du nach deiner Rückkehr zum ersten Mal in der Heimat Afrika sahst, dich nicht mehr um dein Leben gekümmert. Du weißt schon lange nicht mehr, ob es der Nachtkrapp war, der es dir eingeflüstert hat, oder ob du es selbst warst, der Tag für Tag sagte:

Afrika!
Afrika!
Muss weg!
Muss weg!
Muss weg!

Du stehst an der Stelle, wo der Eingang zu deinem Stollen sein muss. Der Schnee reicht dir bis zur Hüfte, als du zu graben beginnst. Du musst deine Hände nehmen, so wie damals, als du deine Mutter am Rande der Wüste begrubst.

Du hörst die Glocken der Kirche läuten, sonst ist es still, nur der Schnee, den du zur Seite schaufelst, knirscht, es ist eiskalt. Du hast den Eingang zum Stollen unter einer Decke von Gras und Ästen gut versteckt. Du kennst zwar die Maulwürfe, aber Hügel, die dich verraten könnten wie die Tiere, die wirfst du nicht auf.

Wie lange schon ist das hier dein Geheimnis? Kaum warst du zurück, kaum hatten sie dir, ausgerechnet neben Afrika, als Almosen eine Hütte zugewiesen, hast du angefangen zu graben, immer des Nachts.

Tagsüber hast du in ihren Steinbrüchen den Tagelöhner gegeben und dich von ihren Kindern verhöhnen lassen. Mehrere Jahrzehnte lang hast du alles ertragen. Du hattest einen unumstößlichen Plan, nicht mehr lange, und du hast es geschafft.

Du schaust ins Tal und siehst die Spur, die du durch den Schnee gezogen hast. Du hast sofort Panik, dass sie so den Stollen finden könnten, dann fällt dir ein, dass du heute sprengen willst, du schaust deine Fußstapfen an und sagst laut und fröhlich:

Ist gerade egal!

Du brauchst länger als sonst, aber es gelingt dir, vor dir liegt der Eingang zum Stollen, ein Brett mit stählernem Griff. Du ziehst daran, doch nichts passiert. Der Boden rund um den Eingang ist gefroren und gibt die Tür kein bisschen frei. Du versuchst, mit der Wärme deiner Hände am Rand der Klappe den Boden zu tauen. Außer dass deine Hände blau werden, passiert nichts. Du könntest den Pickel holen und die Tür einfach aufhacken, aber dafür müsstest du erst runter zu deiner Hütte und dann wieder rauf.

Pickel!
Pickel!
Pickel!

Der Nachtkrapp, der auf dem Rebstock neben dem Eingang sitzt, hat recht. Du gehst zurück zu deiner Hütte, der Nachtkrapp wartet hier oben auf dich. Als du unten angekommen bist, schnappst du dir deinen Pickel, du willst sofort wieder hoch. Du hast aber auch Durst und willst einen Kaffee. Du setzt dir Wasser auf. Auf ein paar Minuten mehr oder weniger kommt es nach all den Jahren nicht an. Während du wartest, dass das Wasser anfängt zu kochen, schläfst du von jetzt auf gleich ein.

Als du wieder aufwachst, ist der Tag fast schon vorbei. Selbst deine Tür hast du vergessen zu schließen. Von draußen weht viel Schnee herein.

Depp!
Du!
Depp!

Du beißt dir in deine Hand, du ärgerst dich, du machst dir Sorgen. Was, wenn einer den Stollen entdeckt hat, während du schliefst? All die Jahre warst du so vorsichtig und unsichtbar wie der Luchs oben im Wald, hast niemals Spuren hinterlassen, selbst im Sommer strichst du auf dem Weg vom Stollen zu deiner Hütte hinter dir das Gras glatt. Und jetzt bist du ausgerechnet durch Schnee getrampelt, als wärst du ein Wildschwein, das sich suhlt. Es braucht keinen Jäger, ein jeder, der will, sieht deine Spur. Du verfluchst, dass du einen Kaffee hast trinken wollen. Immer noch im Mantel, stehst du vom Küchentisch auf und gehst zu deiner Tür.

Gut!
Glück!
Gut!

Es schneit. Und es weht starker Wind. Weit und breit keine Fährte von dir. Du nimmst den Besen aus der Ecke, fegst den Neuschnee nach draußen und schließt die Tür.

Du legst Holz nach, ziehst Schuhe und Mantel aus, setzt dich auf dein Bett. Du solltest erholt sein nach all dem

Schlaf. Aber du bist erschöpft wie sonst nur nach einer durchgearbeiteten Nacht.

Du hast Hunger, du hast Durst, noch immer oder schon wieder hättest du gerne einen Kaffee, du bist schwer wie ein riesiger Findling und legst dich erneut hin. Du schließt die Augen, heute bist du schneller als der Nachtkrapp. Bevor er mit seinen schwarzen Kugeln ankommt, schläfst du schon mit offenem Mund.

Die Sonne scheint, als du wieder aufwachst. Der Schwarzwald, Afrika, alle Reben und auch das Dorf unten sind weiß. Der Schnee glitzert unberührt vor deiner Hütte, zum ersten Mal seit deiner Rückkehr sagst du beim Anblick der Landschaft, die deine Heimat ist:

Schön!

Du brätst dir ein Ei, du kochst endlich einen Kaffee, du schippst den Weg zum Brunnen und zu deiner Bank vom Schnee frei, du setzt dich in die Morgensonne und lässt dich blenden von dem beginnenden Tag. Neben dir lässt sich der Nachtkrapp nieder. Du weißt, was er sagen will, du willst sein …

Stollen!
Afrika!
Sprengen!

… nicht hören.

Du hältst dir die Ohren zu, aber du weißt, dass er recht

hat, du musst dein Werk endlich vollenden, du bist gerade erst aufgestanden und wirst dennoch schon wieder müde, dein Rücken, deine Hände, deine Arme und Beine, dein ganzer Körper tut dir weh. Von einem Tag auf den anderen hat dich das Alter im Griff. Du und der Nachtkrapp, ihr wisst beide, viel Zeit bleibt dir nicht.

Du trinkst den Kaffee aus, ziehst Mantel und Mütze an, und so wie vor zwei Tagen zu dem Jungen sagst du nun zu dir selbst:

> Allez!

Und weil du den Namen so gerne magst, sagst du:

> Allez!
> Faïz!

Nur Djilali und die, die Djilali kennen, nennen dich so. Du willst deine Tasche mit dem Werkzeug schultern und findest sie nicht. Du wartest darauf, dass du dich mit …

> Depp!
> Du!
> Depp!

… beschimpfst.

Zu deinem eigenen Erstaunen passiert nichts. Du gehst nach draußen und hoffst, dass du deine Tasche dort findest, du siehst den Pickel neben der Tür, da fällt dir ein, wo sie ist. Deine Tasche liegt noch oben, neben dem

Eingang des Stollens, wahrscheinlich wartet auch der Nachtkrapp schon dort.

Du schaust nach, ob du das Bett gemacht hast. Auch das Geschirr ist gespült. Du willst deine Hütte ordentlich verlassen, warum auch immer, denn es macht keinen Sinn. Wenn du Afrika mit einem lauten Knall in die Luft gejagt haben wirst, wird auch deine Hütte auseinanderfallen oder in tausend Stücken den Hang hinunterrutschen, dein Stollen, zwei Meter tief, reicht fast bis vor deine Tür.

Du nimmst einen letzten Schluck aus deinem Brunnen, das Wasser ist eisig kalt, dann gehst du los, in der Hand den Pickel, du drehst dich auf dem Weg zum Stollen nicht ein einziges Mal um. Es scheint dir, als beginne gerade etwas Neues, dabei ist bald alles für immer vorbei.

SIEBEN

Deine Beine und Arme gehorchen dir, du gehst aufrecht durch den kniehohen Schnee, zumindest für ein paar Stunden noch willst du dich stark fühlen und kein bisschen alt.

Du bist fast beim Stollen, da siehst du oben am Waldrand eine schwarze Gestalt. Du wirfst den Pickel weg, so weit entfernt wie du nur kannst. Neben der Tanne, in die vor drei Wintern der Blitz eingeschlagen hat, landet dein Werkzeug und verschwindet im Schnee.

Die schwarze Gestalt wird immer größer und kommt direkt auf dich zu. Was sagst du bloß, wenn man dich gleich fragt, was du im Schnee draußen machst?

> Denk nach!
> Komm!
> Denk nach!

Dir fällt nichts ein. Die Nonne, die dir gleich am Rande von Afrika im tiefen Schnee begegnen wird, wird dich nicht fragen, was du hier treibst. Sie wird nur froh sein, dich hier zu sehen. Ganz außer Atem, denn sie ist so weite Märsche durch den Schnee nicht gewohnt, wird sie vor dir stehen und sagen:

Der Junge!
Der Junge!
Bitte!
Kommen Sie mit!

Du wirst ihr in den Wald folgen, den steilen Weg, immer bergauf. Du wirst sie schnaufen hören und ihr anbieten, dass du für euch durch den tiefen Schnee die Spur trittst. Sie wird dir dankbar folgen, am Saum ihres schwarzen Habits klebt Eis. Du wirst den Nachtkrapp sehen, wie er um die Nonne herumflattert und sie verscheuchen will, sie wird ihn nicht sehen. Du wirst sie nicht fragen, was passiert ist, du wirst froh sein, dass auch die Nonne gerne schweigt. Ihr werdet die Kuppe hinter dem Geiersnest, von der aus es wieder ins Tal runtergeht, erreichen, und obwohl noch ein ganzer Wald vor euch liegt, wirst du es von da oben schon hören.

Iiiiiiieeeeeehhhhhhhhhh!
Iiiiiiieeeeeehhhhhhhhhh!
Iiiiiiieeeeeehhhhhhhhhh!

Der Schrei des Jungen schallt wie eine Schiffssirene durchs Tal. Als du den Jungen hörst, gehst du schneller, du rennst fast, hinter dir stolpert die Nonne, du hilfst ihr auf. Du hast Durst, aber willst nicht innehalten, um zu trinken. Während du läufst, isst du Schnee. Von der Feuchtigkeit deines Atems bilden sich in deinem Bart kleine Klumpen aus Eis.

Zum ersten Mal, seit dich in Algerien die Nonnen gesundgepflegt haben, betrittst du wieder ein Kloster. Wie dort riecht es auch hier nach viel totem Stein. Du kommst dem Schrei des Jungen immer näher, er kommt von ganz hinten im Gang. Als wäre in dem Zimmer ein gefährliches Raubtier, versteckt sich die Nonne, nachdem sie die Tür geöffnet hat, gleich hinter dir. Kurz schaut sie über deine Schulter, kaum bist du drin bei dem Jungen, verschließt sie die Tür.

Iiiiiiieeeeeehhhhhhhhhh!

Ganz langsam gehst du auf den Jungen zu und streckst deine beiden Arme weit nach ihm aus.

Junge!
Jacob!
Ich bin es!
C'est moi!

Der Junge vor dir ist splitternackt. Seine Kleider hat er zusammengebunden und wie eine Girlande über das Fenster gehängt. Mit seinem auf den Zehenspitzen wippenden Gang rennt er im Kreis, seine Finger flattern, er hält beide Hände übereinander vor seinen Mund. Wenn er Luft holt, pfeift er, wenn er ausatmet, schreit er laut:

Iiiiiiieeeeeehhhhhhhhhh!

In dem Raum stinkt es gotterbärmlich, so wie in der Baracke im Hafen von Algier, nur schlimmer, wahrscheinlich weil es sonst in dem Kloster, außer nach den Steinen, nach nichts riecht. Erst als du aufhörst, den Jungen mit deinen Blicken zu fixieren, siehst du, warum. Er hat die ganzen Wände mit seinem Kot vollgeschmiert, in jede der vier Ecken des Raumes hat er sich erbrochen, in der Mitte, dort, wo du stehst, ist eine Pfütze Urin. Du drehst dich um, klopfst an der Tür und rufst, so laut du nur kannst:

Waschzeug!

Als hätten die Nonnen nur darauf gewartet, reichen sie dir eine Schüssel mit heißem Wasser, ein großes Stück Seife, einen Waschlappen und ein Handtuch hinein.

Nur das Bett hat der Junge nicht besudelt. Du stellst alles darauf. Du nimmst dir den Stuhl, der über und über mit Spucke verschmiert ist, stellst ihn neben das Fenster und nimmst dir die Girlande mit den Kleidern des Jungen. Auch seine Hose, seine Jacke, sein Hemd und die Socken, alles ist sauber, du legst seine Kleidung aufs Bett und willst die Knoten lösen, die der Junge gemacht hat, damit die Girlande gut hält.

Du brauchst ein wenig Zeit, um zu verstehen, an welchem Ende du ziehen musst, um sie zu lösen. Als du es verstanden hast, geht alles ganz schnell. Der Junge hat den gleichen Knoten verwendet wie früher Djilali und du oder die Cowboys bei Buffalo Bill. Du schwingst das Lasso, zu dem er seine Hose geknüpft hat, und tust so, als wolltest du ihn damit fangen.

Iiiiiiieeeeeehhhhhhhhhh!

Dann, endlich, hört der Junge auf zu schreien. Du lässt das Lasso sinken und tunkst den Waschlappen in das heiße Wasser, in dem schon die Seife im Kreis herumschwimmt. Du ziehst den Waschlappen über deine rechte Hand, du erlaubst dir kein Zögern, und tatsächlich, als hätte er nicht bis eben geschrien, lässt der Junge zu, dass du ihn von Kopf bis Fuß wäschst.

Dreimal bittest du die Nonnen um frisches Wasser. Als der Junge sauber und angezogen ist, lässt du dir einen Eimer und Schrubber bringen, du wäschst den Kot von den Wänden und auch den restlichen Schmutz wischst du auf.

Der Junge sitzt derweil auf dem Bett und spielt ganz ruhig mit seinen Kieselsteinen, so als hätte er mit all dem Unrat, den er in dem Zimmer verteilt hat, überhaupt nichts zu tun. Als du fertig bist, setzt du dich neben ihn aufs Bett, tätschelst ihm die Oberschenkel und sagst:

Alors!
Jacob!
Allez!

Nebeneinander geht ihr durch die langen Gänge des Klosters. Auf dem Weg nach draußen hast du keine einzige Nonne gesehen. Ein Stück weiter unten im Tal gibt es ein Gasthaus. Und weil du Hunger und Durst hast und du glaubst, dass auch der Junge wahrscheinlich nichts gegessen hat, seit ihr euch zuletzt gesehen habt, gehst du mit ihm zu dem Wirt.

Niemand kennt dich hier und du kennst niemanden, du bestellst Suppe, Kraut, Fleisch, Wein und Most. Schweigend sitzen der Junge und du nebeneinander, ihr esst, ihr trinkt, du bezahlst, ihr geht, es passiert überhaupt nichts. Kein Schimpfen von dir, kein Flattern der Hände des Jungen, ihr wart einfach nur hungrige Gäste, sonst nichts.

Es ist gerade mal nach Mittag, da habt ihr den Kamm, von dem aus es nach Afrika nur noch bergab geht, erreicht. Manchmal hat der Junge auf dem Rückweg gelacht und dabei, wie immer, leicht abwesend in den Himmel geschaut. Du hast ein Eichhörnchen gesehen, und als ihr den Bach überquert habt, hast du dir vorgenommen, dem Jungen im Sommer zu zeigen, wie man mit der Hand Forellen aus dem Wasser rausfischt.

Als ihr in Afrika ankommt, wartet dort schon der Nachtkrapp auf dich. Als er den Jungen sieht, ruft er Zeter und Mordio, hüpft wie von Sinnen von Rebstock zu Rebstock:

Der Junge!
Der Junge!
Muss weg!
Muss weg!

Du versuchst, ihn nicht zu beachten, er wirft sich vor dir in den Schnee, will dich aufhalten, dass du bloß mit dem Jungen nicht deine Hütte erreichst.

Junge!
Muss weg!

Immer wieder musst du ihm ausweichen, ohne dass du merkst, was er damit im Schilde führt, lotst er dich und den Jungen zum Eingang des Stollens, dabei wolltest du doch nichts als nach Hause.

Hinein!
Hinunter!
Hinein!

Neben der verschneiten Tür liegt deine Tasche mit dem Werkzeug. Als du sie aufhebst, stellst du fest, dass der Eingang nicht mehr vereist ist. Du öffnest die Klappe und gehst runter in die Welt, in der du fast die Hälfte deines Lebens gegraben hast, hier unten, allein mit dem Nachtkrapp, war alles, was oben schwer war, ganz einfach. Du brauchtest dazu nur eine Lampe, eine Schaufel, mehr nicht.

Jetzt folgt dir der Junge. Er ist der erste Mensch, der dein Werk jemals sieht. Er braucht seinen Kopf nicht einzuziehen, nur bei den Stützbalken sagst du:

Vorsicht!
Jacob!
Attention!

Immer tiefer verschwindet ihr in deinem Berg. Der Junge hat seine Hände von sich gestreckt und berührt beim Gehen mit seinen Handflächen die Wand links und rechts. Du trägst die Lampe, über deiner Schulter hängt die Tasche mit dem Werkzeug, je weiter ihr vorankommt, umso enger wird der Schacht. Die letzten Meter müsst ihr auf dem Bauch kriechen, dann habt ihr die Halle erreicht.

Zwei Meter hoch ist die Höhle und fünf Meter lang. Fünf Jahre hast du allein hier gegraben. Genau an dieser Stelle soll es passieren. In Schächten, die du dafür in den Lehm gehauen hast, lagert der Sprengstoff, für die Zündschnüre und Zünder hast du an der Wand gegenüber ein Regal gebaut, in das du nun die Flasche des Weines stellst, der über dir wächst.

Dir fällt ein, warum du heute Morgen aufgestanden bist. Du prüfst den Sprengstoff, er ist trocken, du siehst die Streichhölzer. Wenn du willst, könntest du.

Der Junge!
Der Junge!
Muss mit!
Muss mit!

Und als würde auch der Junge den Nachtkrapp nun hören, schaut er sich um. Sein Blick bleibt bei dir hängen. Du stehst da, in beiden Händen ein Bündel Dynamit, mit all dem anderen Sprengstoff um dich herum genug, um damit drei Berge in die Luft zu jagen und vier Täler gleich mit.

Ganz langsam, aber ohne zu zögern, so wie heute Morgen du, kommt nun der Junge direkt auf dich zu. Vorsichtig legt er seine Hände auf das Dynamit, das du an dich drückst wie einen Schatz. Der Junge schaut dir in die Augen. Dann wird er Zeit deines Lebens zum letzten Mal sprechen. Wie fast immer wackelt er auch dabei mit seinem Kopf. Du hörst ihn sagen:

Non!
Faïz!
Non!

Du packst alle Zünder in deine Tasche und führst den Jungen zum Ausgang. Du verriegelst die Klappe, du verscharrst den Eingang, so gut du nur kannst. Du wirst nie wieder in deinem Leben hochgehen in deinen Schacht. Durch den Schnee gehst du heim und kommst an. Du setzt Milch auf, für den Jungen und dich. Jacob lutscht an der Kette, der Stein leuchtet grün und auch blau. Du hast den Nachtkrapp niemals wieder gesehen.

In Andenken an
den »Afrik« Franz Xaver Luhr
Geboren am 19. Dezember 1837 in Pfaffenweiler
Gestorben am 1. Mai 1907 in Pfaffenweiler
(letzte Reihe, mit Vollbart)

NOT, ARMUT UND MISSERNTEN FÜHRTEN IM
19. JAHRHUNDERT ZU AUSWANDERUNGEN –
1853 ZOGEN 132 EINWOHNER NACH NORDAFRIKA.
DIE GEMEINDE MUSSTE DEN AUSZUG IHRER KINDER
DURCH ABHOLZUNG AUF DEM DANACH BENANNTEN
GEWANN AFRIKA FINANZIEREN. SCHWER WAR
DAS LOS IN DER FREMDE UND DIE HOFFNUNGEN
ZERRANNEN IN TRÄNEN UND BITTERKEIT
WIE UNS BRIEFE UND HILFERUFE BERICHTEN.

Aus der Inschrift auf dem Afrika-Denkmal in
Pfaffenweiler, oberhalb des Weinbergs Afrika

Quellennachweis und Anmerkungen

Die Liste der Namen der ausgewanderten Familien basiert auf folgenden Publikationen: zum einen auf dem Begleitheft zur Ausstellung »Die Auswanderung aus Pfaffenweiler nach Afrika und Amerika im 19. Jahrhundert«, die im Dorfmuseum Pfaffenweiler von September 1984 bis Januar 1985 gezeigt wurde. Zum anderen auf einem von Gerhard Auer verfassten Text namens »Afrigka, Affrika. Die Kollektivauswanderung aus Pfaffenweiler im Jahr 1853«, erschienen in »Beiträge zur Volkskunde in Baden-Württemberg« im Kommissionsverlag: Theiss 1/1985. Sowohl Namen als auch Altersangaben der Ausgewanderten wiesen in beiden Dokumenten einige Unstimmigkeiten auf. Aus dramaturgischen Gründen wurde zudem darauf verzichtet, die komplette Familie von Franz Xaver Luhr aufzulisten. Neben ihm und seiner ebenfalls erwähnten Mutter Theresia, geborene Blattmann, wanderten zudem nach Algerien aus: Wilfried Luhr, zum Zeitpunkt der Abfahrt 18 Jahre alt, Maria Luhr (14), Be … tia / vermutlich Bettina (13) sowie Theodor (10). Die Figur des Peter Scherleberg sowie alle anderen Protagonisten sind frei erfunden.